História de um louco amor
seguido de
Passado amor

Livros do autor na Coleção **L&PM** Pocket:

A galinha degolada *seguido de* Heroísmos
Uma estação de amor *seguido de* Dorothy Phillips, minha esposa
História de um louco amor *seguido de* Passado amor

HORACIO QUIROGA

História de um louco amor
seguido de
Passado amor

Tradução de SERGIO FARACO
Notas de SERGIO FARACO E PABLO ROCCA

www.lpm.com.br
L&PM POCKET

Coleção **L&PM** Pocket, vol. 734

Título original: *Historia de un amor turbio / Pasado amor*

Primeira edição na Coleção **L&PM** POCKET: setembro de 2008

Tradução: Sergio Faraco
Capa: Ivan Pinheiro Machado sobre desenho de Maurice Brianchon, *Donna con specchio*
Revisão: Marianne Scholze

CIP-Brasil. Catalogação-na-Fonte
Sindicato Nacional dos Editores de Livros, RJ

Q82h

Quiroga, Horacio, 1878-1937
  História de um louco amor; seguido de, Passado amor / Horacio Quiroga; tradução de Sergio Faraco; notas [e cronologia] Sergio Faraco; pósfacio de Pablo Rocca. – Porto Alegre, RS : L&PM, 2008.
  168p. – (L&PM Pocket ; 734)

  Apêndice
  ISBN 978-85-254-1821-0

  1. Novela uruguaia. I. Faraco, Sergio, 1940-. II. Rocca, Pablo, 1963-. III. Quiroga, Horacio, 1878-1937. Passado amor. IV. Título. V. Título: Passado amor. VI. Série.

08-3700.   CDD: 868.993953
                             CDU: 821.134.2(899)-3

© da tradução, L&PM Editores, 2008

Todos os direitos desta edição reservados a L&PM Editores
Rua Comendador Coruja 314, loja 9 – Floresta – 90220-180
Porto Alegre – RS – Brasil / Fone: 51.32255777 – Fax: 51.32215380

Pedidos & Depto. comercial: vendas@lpm.com.br
Fale conosco: info@lpm.com.br
www.lpm.com.br

Impresso no Brasil
Primavera de 2008

SUMÁRIO

História de um louco amor | 7
Passado amor | 83
Posfácio – *Pablo Rocca* | 157
Cronologia – *Sergio Faraco* | 163

HISTÓRIA DE UM LOUCO AMOR

I

Em certa manhã de abril, Luis Rohán parou na esquina de Florida com Bartolomé Mitre. Na noite anterior retornara a Buenos Aires, depois de um ano e meio de ausência. Por isso, era maior seu desconforto com aquela fétida atmosfera de vassouras matinais e de pesadas emanações das caves que vendiam confeitos. O dia bonito dava saudade da vida ao ar livre. A manhã era admirável, com uma daquelas temperaturas de outono que, sobejando frescor para uma longa estada à sombra, podem não mais do que uma pequena porção de sol. A estreita franja de céu enquadrada no alto evocava a imensidão de suas manhãs campestres, suas andanças pelo mato nas madrugadas, onde não se ouviam ruídos, só roçadelas, no ar úmido e ácido de cogumelos e troncos putrefatos.

De repente, alguém tocou no seu braço.

– Olá, Rohán! Onde andavas? Faz mais de oito anos que não te vejo... Oito não, quatro ou cinco, sei lá... Onde te meteste?

Quem falava era um conhecido de outrora, assombrosamente gordo e de testa estreitíssima, ao qual o ligava uma amizade tão expressiva quanto a que nutria, digamos, pelo carteiro... Era um tipo comunicativo, e por isso achou-se na obrigação de lhe apertar o braço, cheio de afetuosa surpresa.

– No campo – Rohán respondeu. – Faz cinco anos que estou por lá.

— No pampa, não é? Não sei quem me disse...
— Não, em São Luis. E tu?
— Eu? Vou bem. Quer dizer: mais ou menos. Cada vez mais magro... – e ria, como ri um gordo quando se refere à sua magreza. – Mas tu... me conta! O que fazias lá? Uma estância, não é? Não sei quem me disse qualquer coisa... Imagina, o campo, só tu mesmo. Sempre foste um tanto esquisito, não é? E metes a mão na terra?
— Às vezes.
— Sabes arar?
— Um pouco.
— E tu mesmo aras?
— De vez em quando.
— Impressionante! E por que isso?

O sujeito achava graça, satisfeito, apesar do colarinho apertado que lhe congestionava o rosto, da calça que, sob o paletó, apertava-lhe a barriga e quase o peito. Estava felicíssimo por ter encontrado alguém que não se ofendia com suas risadas.

— Sim, outro dia li uma coisa parecida... Astorga, não é? Tolstói, não é? Que interessante!

Apesar de tudo, tinha sido um bom rapaz, o que fazia Rohán pensar na dose de corrupção civilizadora que era necessária para transformar um bom rapaz num cético imbecil.

Por felicidade, Juárez mudou de assunto, passando a contar, em três minutos, uma infinidade de coisas que Rohán jamais sonhara perguntar.

Rohán o ouvia como quem ouve, distraidamente, a charla distante dos peões da estância. Juárez notou que o olhar de seu amigo se fixava em algum ponto além e tratou de olhar na mesma direção.

Duas moças de luto iam pela outra calçada. Caminhavam juntas, com a perfeita harmonia que adquirem as irmãs, e bem desempenadas, os rostos sérios, resolutos. Passaram sem vê-los. Rohán ainda as olhava.

– São as Elizalde – disse Juárez, descendo da calçada para atrapalhar menos e conversar melhor. – Já fazia um tempão que não as via. Conheces?

– Mais ou menos.

– Não te viram. São lindas, principalmente a mais alta. É a mais moça. Moram em San Fernando e estão pobres.

– Pensei que estavam bem de vida.

– E estavam, o pai ia bem. Mas com o trem de vida que levavam... Ele hipotecou tudo! Morreu faz um ano.

Rohán não pôde evitar o comentário:

– Bem informado, hein?

– Nem tanto, nem tanto – disse Juárez, rindo. – É preciso evitar a pobreza, amigo Rohán. Nem todos têm a sorte de herdar estâncias... ainda que tivessem de arar – e deu outra risada, agarrando a lapela de Rohán com ostensiva intimidade.

Notou, então, a roupa do outro.

– Não vai me dizer que trabalhas com essa roupa... E as botas? Onde estão as botas?

Mas Rohán já se cansara daquela companhia e se adiantava, caminhando sozinho. O que Juárez ignorava é que Rohán conhecia muito bem as Elizalde. Além de uma amizade de dez anos com a família, Eglé, a menor, tinha sido sua namorada. Amara-a intensamente. E lá estava ela, passeando com a irmã sua beleza de solteira, e ele, solteiro também, trabalhando no campo a duzentas léguas de Buenos Aires... Eglé! Eglé! Repetia o nome em voz baixa, com a facilidade de quem muitas vezes pronunciara aquela palavra, com distintos estados de espírito. Embora as duas sílabas tão conhecidas evocassem nitidamente as cenas de amor em que as pronunciara com maior desejo, constatou que, de toda aquela paixão, restava o carinho pelo nome e nada mais. E o murmurava, sentindo a estranha doçura de uma palavra que antes exprimia tanto – como os idiotas que, com o olhar fixo, repetem sem parar: mamãe, mamãe...

"Como eu gostava dela", dizia consigo, tentando em vão se comover. Recordava as circunstâncias em que se sentira mais feliz. Via-se a si mesmo, via Eglé, sua boca, suas expressões faciais... mas tudo isso com excessiva minúcia, esforçando-se mais para compor a cena do que para lembrar suas sensações, como quem trata de gravar algo para depois contar a alguém.

Ainda caminhava, sempre pensando nela, quando lhe ocorreu que poderia visitá-la.

Por que não?

Ainda que, depois do rompimento, não tivesse voltado à casa de Eglé, o afastamento resultara de questões íntimas entre ambos e, portanto, não havia impedimento algum. Sentia, sobretudo, uma viva curiosidade: o que aconteceria quando se olhassem nos olhos? E lembrava novamente o olhar amoroso de Eglé. Fazia com que pairasse diante de seus olhos e tentava, inutilmente, reviver a felicidade daquele tempo.

Sabia, por Juárez, que moravam em San Fernando. Facilmente descobriria o lugar exato.

No dia seguinte tomou o trem e, às três da tarde, estava em Retiro. Agora que se aproximava dela, que iria vê-la dentro de uma hora, emocionava-se. Antecipava mentalmente sua chegada, a surpresa, as primeiras palavras, a ambígua situação... Voltava a si, respirava profundamente para recobrar o pleno equilíbrio. Mas em seguida o processo recomeçava – sempre para trás. E assim, enquanto o trem avançava e iam ficando para trás chácaras, quintas e casinholas de guarda-via, ele voltava ao passado.

II

Rohán conheceu a família Elizalde aos 20 anos. Acabava de desistir de seus estudos de Engenharia, logo no começo do curso, é verdade, mas nem por isso com menos desgosto de seu pai, que lá da estância lhe mandou um recado: se queria ser livre, que vivesse por sua conta. Rohán, por sua vez, considerou justa a posição do pai, e pouco depois conseguiu um emprego no Ministério de Obras Públicas, como desenhista. Pobre, mas livre. Seu pai entregou-se àquelas preocupações que, usualmente, a falta de ambição de um filho inteligente provoca num pai ignorante, trabalhador e econômico. Por fim, condensou o insolúvel problema numa fórmula ainda mais insolúvel: "Como pode que de um pai como eu..." E não se preocupou mais com o filho.

Fez bem, pois o filho tampouco se preocupava consigo mesmo. Um ano depois conheceu Lola e Mercedes Elizalde, e a manifesta simpatia da família o levou a freqüentar a casa, primeiro só nos dias de visita, depois participando das reuniões mais íntimas.

Na simpatia da mãe pesava, sem dúvida – como um suspiro de possível felicidade –, a fortuna futura do jovem amigo. Mas, tirante este pormenor intimamente familiar, a dona da casa estimava Rohán – *de* Rohán, como dizia Mercedes.

Mercedes costumava vir ao seu encontro, recebendo-o com uma solene mesura de outros séculos. Era como convinha saudar, dizia, rebento de tão nobre estirpe. Falava-lhe às vezes na terceira pessoa, sem olhá-lo. Tinha 17 anos, o rosto fino, era bela. Seus olhos puxados e sombrios davam ao seu semblante, quando estava incomodada, uma expressão de sofrimento antigo, cuja dolorosa fadiga lhe estampava no rosto uma idade maior – algo comum às moças inteligentes que crescem ligeiro demais.

Seus nervos a torturavam. Quando criança, havia sonhado que um pássaro comia suas mãos. Jamais pôde lembrar-se desse sonho sem reviver a distante angústia e esconder as mãos. Por volta de seus 15 anos adquiriu o costume de deitar-se vestida, após o jantar. Noite alta, quando todos dormiam, levantava-se. Ia até a sala, ficava caminhando, aborrecida, tocava piano em surdina, olhava os quadros um a um, demoradamente, como se nunca os tivesse visto antes. Depois de uma hora, tornava a deitar-se, mais enfadada ainda.

Estando nervosa, seu tormento eram as mãos: não sabia o que fazer com elas. Rohán achava graça e Mercedes lhe fazia caretas horríveis que as reclamações da mãe não podiam fazer cessar. Quanto mais se divertia Rohán, mais exagerava Mercedes, mesmo sabendo que ficava vermelha e ridícula.

Na segunda ou terceira visita de Rohán, a senhora, com afetuosa indiscrição, perguntou-lhe se descendia dos duques de Rouen, da França.

– Não, senhora – ele respondeu –, meu avô era sapateiro.

A família trocou olhares, aprestando-se a defender briosamente a casta contra o atacante. Mas logo se convenceram todos de que Rohán, sendo discreto como era – até demais –, não seria um agressor.

Lola tinha 22 anos quando Rohán a conheceu. Era mais cheia de corpo, míope, e tão branca que seus braços davam a impressão de sempre estar frios. Era pouco inteligente, mas com tal bom senso que não errava quase nunca. Vestia-se muito bem, com uma inata noção de bom gosto. Não era o caso de Mercedes, obsessiva em suas preferências – o que a enchia de fraternal inveja.

Lola não tinha raciocínio rápido, nem apreciava a coqueteria mental em que a irmã adorava precipitar-se. O que não impedia que se sorrisse ao ouvi-la, ela fazia tudo placidamente, como se suspirasse caminhando.

Como havia nela a preocupação e a cordura vigilante de uma mãe, tinha predileção por Eglé, de nove anos, se bem que representasse menos. Cuidava dela com o zelo de irmã maior, solteira e responsável, algo que divertia a mãe. A menina fazia as refeições ao seu lado, buscando o apoio de seus olhos quando estava indecisa. Lola a arrumava todas as manhãs para ir à escola. Sentada numa cadeira baixa, com Eglé no colo, experimentava, sem cansar-se, diversos laços de fita, com a estudiosa atenção das mulheres quando olham um tecido.

Rohán mal conheceu o pai. Dificilmente o via, e menos ainda à mesa. Era um homem baixo e magro, de pele citrina e gestos bruscos. Parecia simpatizar muito pouco com Rohán.

A mãe, sob o aparente descuido de sua bonacheirona negligência de obesa, tinha a índole prudente, interesseira e calculista que costuma gerar filhas histéricas.

III

Pelo modo de ser de Mercedes, sem dúvida era com ela que Rohán se sentia mais à vontade. De fato, Mercedes e Rohán se davam muito bem e não procuravam maiores explicações para esse afeto. Às vezes, no entanto, levavam as brincadeiras um pouco longe.

– O que a senhorita diria se um dia eu declarasse que a amo?

– E se o senhor *de* Rohán estivesse seguro de que eu o amasse, o que diria?

E achavam graça. Mas Rohán não a amava e aqueles instantes de excessiva intimidade paravam ali. A mãe, às vezes, olhava para o rapaz como intrigada com sua indiferença: Rohán, sem dúvida, era um amigo da família, mas bem poderia compreender por que lhe haviam aberto a casa com tamanha soltura. Rohán, na verdade, compreendia muito bem. Mas como contava apenas com seu coração e nem cogitava da riqueza futura, achava satisfatória aquela equívoca situação.

Suas relações com a pequena Eglé se limitavam a bem pouca coisa: meio minuto de conversa, nas quartas-feiras à tarde, quando a menina voltava da escola com a empregada. Rohán sempre as encontrava na Rua Piedras, entre Victoria e Alsina. Eglé parava e ele atravessava a rua. Perguntava como estavam em casa e enviava lembranças.

Uma noite Mercedes o atenazou com alusões a certos encontros que ele tinha na rua. Custou a dar-se conta de que ela se referia a Eglé. Na quarta seguinte, ao ver a menina, lembrou-se das zombarias de Mercedes e fingiu conversar gravemente com Eglé, dizendo-lhe que ela era sua noiva e que estava decidido a dar-lhe um beijo. Desde então, Mercedes resolveu que Rohán sempre beijaria Eglé quando a encontrasse na rua, como era próprio de um conquistador.

– Tuas conquistas habituais são melhores, não é, Rohán? – perguntava Mercedes, com langor.

– Às vezes.

– Claro, és um homem tão bonito...

– Gostei de ouvir isso. Eglé e eu decidimos que os beijos que lhe dou não são exatamente para ela...

– Ah, não – cortou Mercedes, desdenhosa. – Se é por isso, meu amigo, podes parar de beijá-la.

Rohán logo se esqueceu daquelas brincadeiras. Quando via Eglé, continuava em sua calçada, limitando-se, no mais das vezes, a dar à menina um circunspecto cumprimento de chapéu.

IV

Naquela semana Rohán recebeu uma carta de casa. O pai, cansado da falta de aspirações do filho, decidira enviá-lo à Europa por um par de anos. "Acho que voltarás mais inútil ainda, mas sempre me restará o consolo de ter feito o possível por ti".

A idéia da viagem agradou a Rohán. Estava farto de plantas, loteamentos, colônias e tinta vermelha. Além disso, já fazia dois meses que o estômago o incomodava. Herdeiro, por parte da mãe, de uma notável dose de neuropatias, até então não tivera problemas digestivos. Na verdade, sua tolerância gástrica talvez até fosse excessiva, pois não havia noite em que não abusasse dos pratos temperados.

Como todos os rapazes da época, achava que enfraqueceria se não contrabalançasse seis ou oito horas noturnas – às vezes só de conversa – com pesados alimentos. Ao dormir tinha pesadelos e despertava na manhã seguinte com a testa febril e a boca amarga, mas satisfeito por ter reposto as forças perdidas. Depois resolveu suspender os jantares. Mas o estômago, maltratado durante muito tempo, continuava incomodando.

No tocante à saúde, acolheu a viagem à Europa como um dos tantos remédios milagrosos com que sonham os dispépticos – remédios que bastam por si e nada exigem do paciente –, o que não impediu que, um dia antes de partir, em casa das Elizalde, comesse tudo aquilo que era capaz de oferecer uma dona de casa a um hóspede são e importante – e com mais solícita razão a um hóspede de delicado estômago.

– Coma um pouquinho disso aqui, Rohán, é bem leve.

– Não, acho que não convém, senhora. Obrigado.

– Ora, só um pouquinho não vai fazer mal.

– Pode fazer, senhora.

– Não tem importância, prove só um pouquinho.

Rohán comia e os oferecimentos continuavam: não há no mundo dona de casa que compreenda que alguém possa estar doente do estômago, ou que não é muito próprio exigir uma péssima noite do hóspede em homenagem à comida que ela fez. Uma senhora que serve sua mesa só admite como razão para a recusa de um prato a timidez do hóspede. Este tem o fatal dever de agradar a senhora pela honra que lhe concede, por isso a espantosa resposta que ela acabara de dar a Rohán: "Não tem importância..."

Rohán, constrangido, cessou de resistir. Duas horas depois estava com o iniludível punho fechado na boca do estômago. Seu abatimento aumentou, sem que o piano de Mercedes pudesse animá-lo.

Mercedes tocava bem, sobretudo as melodias sentimentais. Era um dos fenômenos que mais haviam intrigado Rohán. Constava-lhe que Mercedes não sentia a música – de Chopin, por exemplo. Contudo, interpretava-a perfeitamente. Rohán se perguntava como podia senti-la tão bem em homenagem aos homens, sem que a sentisse ela mesma, e concluía pensando que, se ao invés de ser conhecido como melancólico, fosse Chopin tido por frívolo, a jovem tocaria de um modo bem diferente.

O noturno terminou.

– Que estás fazendo aí parado, Rohán? – perguntou Mercedes, ao voltar-se.

– Nada.

– Nada mesmo?

– Nada. Queres que eu faça alguma coisa?

– Sim, vai tomar um pouco de ar no balcão. Estás com uma cara horrível.

– Dói o estômago, Rohán? – interveio a mãe.

– Um pouco, senhora.

– Não é nada. De vez em quando eu também sinto essas dores. Deverias te cuidar, não é? És muito desregrado.

Rohán, que ainda sentia aquele dedo gordo metendo-lhe comida goela abaixo, pensou com raiva que o conselho era irrisório. Levou uma cadeira para o balcão e sentou-se.

Lá dentro, as Elizalde conversavam, e depois de um momentâneo silêncio ergueu-se a voz de Lola, acompanhada ao piano pela irmã. A voz de Lola não era expressiva, tampouco afinada. Mas, como tudo o que fazia, suas canções, para Rohán, não deixavam de ter certa sedução: voz de moça simples que não se esforçava para teatralizar e que, por isso, era cheia de encanto.

V

Entretanto, a pequena Eglé também chegara ao balcão. Rohán, tocado pela beleza da noite, abraçou a menina e, distraidamente, pôs-se a acariciar seus cabelos. Pouco a pouco, Eglé foi-se aconchegando ao peito dele. Fitava-o – e Rohán notou – como se o estudasse, ou melhor, com uma expressão que, sendo no começo um exame, transformara-se numa total contemplação.

Eglé, ao ver-se observada, desviou o olhar. Rohán imobilizou a mão que a acariciava, e a menina se encolheu contra seu peito.

– É verdade que vais embora?

– Sim, amanhã – e agora fazia carinhos no pescoço dela.

– Vais mesmo? – ela insistiu, após um intervalo.

– Vou, minha noivinha – tornou Rohán, surpreso, pois alguma coisa parecia inquietar sua pequena amiga.

Ela o olhou de novo, um olhar fugaz. Depois ergueu o rosto, os olhos muito abertos.

– Tu gostas de mim? – perguntou, com voz rouca.

– Gosto muito, Eglé.

O olhar dela traía uma angustiada desconfiança. Logo acrescentou, como se suas palavras resultassem de uma dolorosa e antiga convicção:

– Eu gosto muito, muito de ti.

Rohán a beijou, enternecido.

– Eglé...

– Eu vou gostar de ti sempre.

Estava quase chorando. Passou o braço pelo pescoço de Rohán e assim permaneceu, apertada contra ele. Rohán, muito mais comovido do que imaginava poder ficar, perguntou-lhe em voz baixa:

– E quando fores grande, ainda vais gostar de mim?

A menina fez que sim com a cabeça, lentamente, um gesto de mulher adulta, quando a pergunta já traz em si a resposta.

– E vais te casar comigo?

Eglé não respondeu, mas ergueu o rosto à altura do dele. Seus olhos molhados pareciam lamentar à alta lua aquela grande felicidade que nunca haveria de chegar. Não falava, apenas roçava no rosto de Rohán sua face de lágrimas.

Rohán não sabia o que fazer. O que diria? Sentia-se um pouco ridículo. Mercedes, por fim, chamou-o para dentro. Havia terminado a música, disse, e era imperdoável que um homem educado, como se presumia que fosse, fizesse tão pouco caso das amigas que queriam distraí-lo.

– Não, não, eu estava escutando – disse Rohán. – Muito bem, Lola. Pena que, quando eu voltar, já não vou poder te ouvir.

– Por quê?

– Vais estar casada.

– Achas? – saltou Mercedes. – Com esse que aí está é que não vai ser, é muito informal para Lola. Mas eu até que gostaria dele. Me dás, Lola?

Rohán retrucou:

– Se estivesse tão seguro de viver cem anos e tivesse a mesma certeza de te encontrar ainda solteira...

Mercedes semicerrou os olhos.

– Acho que o senhor *de* Rohán...

– Achas o quê?

– Vais chegar e dizer "de neve estão cobertos meus cabelos"?

A mãe sacudiu a cabeça diante daqueles disparates e logo saiu da sala. Lola, lá do sofá, com os olhos pequenos de sono, murmurou:

– "Um ano ausente de teus belos olhos..."

– Olhos de quem? – perguntou Rohán.

– Bah – fez Mercedes, balançando-se, com as mãos entre os joelhos –, meus olhos é que não, senhor duque – e o olhava insistentemente lá do pufe onde estava sentada, com um daqueles sorrisinhos irônicos que nos fazem suspeitar de que perdemos antes, muito antes, alguma oportunidade que já não será renovada.

Pouco depois, Rohán despediu-se. Eglé estava encostada na cauda do piano, muito empertigada. Rohán inclinou-se e tocou no seu queixo.

– Até a volta, Eglé.

– Até a volta.

– Não vais me dar um beijo? – perguntou, com um sorriso de homem que domina a situação.

Mas a menina o fitou com um olhar tão desconsolado que Rohán se envergonhou de seu sorriso e não a beijou.

VI

A viagem de Rohán durou oito anos. Após uma longa temporada de idílios montmartrenses – morando em águas-furtadas, como era moda entre os rapazes americanos que iam para Paris –, quis conhecer a pintura. Freqüentou museus e ateliês com a tenaz assiduidade de quem tenta convencer-se de um amor que não sente muito. Leu o que era possível ler sobre arte. Ao cabo de três anos de efervescência erudita, um livro qualquer o levou a mudar de idéia: ingressou num ateliê de fotogravura, sempre pensando em se tornar honestamente útil. A primeira coisa que fez foi comprar um avental azul. A segunda, passear orgulhosamente com ele. O curso durou dois meses. Aprendeu técnicas preciosas para um operário, mas absolutamente supérfluas para ele. Comprou uma máquina completa de fotogravura para *trabalhar* logo, embora soubesse muito bem que aquilo era uma monstruosa farsa. Por fim, devorado pela repugnância que sentia em relação aos seus diários sofismas, abandonou tudo.

Seu pai, encantado com essa febril procura de uma vocação – comum às pessoas que não têm forças para seguir a que verdadeiramente sentem –, esperava.

Mas o estômago de Rohán, que o deixara em paz nos últimos anos, tornou a molestá-lo. Depois da dispepsia vinham os ataques de neurastenia e o receio constante de voltar a tê-los. E os micróbios... e o terror da tuberculose... Foram três anos exasperantes, sem fazer absolutamente nada – pensar não é tarefa de um neurastênico –, que Rohán digeriu com dificuldade, penando tanto quanto penava para engolir seu quefir.

VII

Um dia, saindo de casa, entrou numa padaria e comprou cinco cêntimos de pão, comendo-o até a última migalha. Fazia uma semana que se alimentava só com três copos de iogurte por dia. Depois de pensar muito no assunto, havia chegado a algumas conclusões: geralmente, os transtornos estomacais cessam com um regime adequado – dieta, leite, bismuto, bicarbonato; experimentei de tudo e não senti nenhum alívio; se meu estômago estivesse realmente doente, com um mês de severo regime eu deveria me sentir melhor; pouco, talvez, mas melhor; ocorre que um simples gole d'água me faz tanto mal quanto uma comida pesada, o que é absurdamente ilógico; logo, não tenho nada no estômago.

Deu certo. Fora o mal-estar da glutonaria, nada sentiu depois de comer o pão. Dali em diante só melhorou, passando a acreditar piamente que nunca mais deixaria seu estômago *preocupar-se*.

Curado, não tornou a cogitar de falsas erudições e de aventais azuis. Via claramente muitas coisas, pela simples razão de ter pago seu tributo de tolices e, sobretudo, por estar oito anos mais velho. Não mais buscava vocações, começando, um tanto obscuramente, a identificar a sua, que deveria ser, mais tarde, uma profunda e obsessiva sinceridade consigo mesmo. Contudo, ainda não tinha ânimo para nada, e resolveu voltar.

Durante sua estada em Paris manteve com as Elizalde uma escassa correspondência. Recebeu de Mercedes umas cinco ou seis cartas, que respondeu com grande atraso. Nos primeiros quatro anos enviou apenas uma carta, queria romper com todas as lembranças da América para viver mais puramente as impressões de Paris. Depois, a sinceridade nascente foi apagando pouco a pouco aquilo que não era seu, e então escreveu a Mercedes uma longa e afetuosa carta, dando-lhe conta de uma infinidade de pequenas coisas, prova de que se sentia melhor e mais contente. Mercedes respondeu com igual extensão. Assim ficou sabendo que Lola estava casada, mas que ela, Mercedes, com toda a "sua beleza", corria o risco de não fazê-lo nunca. "Tenho 26 anos... e tu estás tão longe! Melhoraste do teu estômago? Etc. etc."

VIII

Uma das primeiras visitas que Rohán fez ao retornar foi à casa das Elizalde. Mercedes, ao avistá-lo da janela da copa, pôs-se a gritar:

– Mamãe, mamãe, Rohán está chegando! O duque de Rohán, mamãe!

E precipitou-se ao seu encontro.

– Já não agüentava mais, minha amiga – disse Rohán, estendendo as mãos. – Te vejo, finalmente.

– E eu morria. Não chegaste a ver papai, não é? Ele andou por lá faz quatro meses. Como foi tudo? Me conta.

– Divinamente – e teve de responder a umas quantas e febris perguntas de assombrosa incongruência.

A mãe também ouvia.

— E Eglé, mamãe? – perguntou Mercedes.

Eglé entrava na sala e Rohán se surpreendeu ao reconhecer perfeitamente o rosto dela, que pensava não lembrar. Mas a beleza angelical da criança se humanizara e agora ela estava ainda mais bonita, por ter-se tornado mais tangível, mais desejável, e ao mesmo tempo tão próxima. Trocaram um aperto de mão, com alguma cerimônia.

— Claro, mal se conhecem – observou Mercedes. – Te lembra de Rohán, Eglé?

— Me lembro – respondeu Eglé.

Mas olhava para outro lado.

Duas horas depois, Rohán levantou-se e anunciou que ia embora.

— Não vais jantar conosco? – convidou Mercedes, com grande agitação. – Estás com uma cara de cansado. Doente? Sim, já sei que estiveste doente. Mas não é isso. Ele parece cansado, não é, mamãe? – e ergueu as sobrancelhas ao ver que a mãe encolhia os ombros. Voltou-se bruscamente para Rohán: – Quantos anos tens?

— 28.

— Vamos ver uma coisa. Me diz como estou – e pôs-se em pé diante dele, mãos às costas. – E aí? Sou tão bonita como era?

Parecia nervosa com a proximidade de Rohán e com o exame.

— Um pouco mais...

— Por que só um pouco mais?

Rohán sorria. Mercedes fez uma careta, os olhos apertados e o nariz franzido.

Após o jantar a mãe o reteve à mesa, perguntando uma porção de coisas sobre a Europa que ela sabia tão bem quanto ele. Percebia o enfado de Rohán e, assim mesmo, não desistia do interrogatório.

Precisou de meia hora para ter pena de Rohán e deixá-lo ir à sala, com a majestosa e protetora permissão que as mães outorgam aos homens para que passem ao lugar onde estão suas filhas. Mercedes se esbaldava no piano.

— Mamãe te largou? Que horror! Vem cá, senta aqui pertinho de mim. Como foste de amores?

— Muito mal. Sabes bem.

— Não, não, falando sério!

— Mal.

— Verdade?

— Verdade.

A jovem o olhou, pensativa.

— Que estranho.

— Por quê?

— Não sei, acho estranho.

Rohán achou graça.

— Por que seria estranho? Tu, por exemplo, nunca te apaixonaste por mim...

— Ah, eu sou diferente. E depois, apesar dos meus lindos vestidos e daquilo que o duque de Rohán generosamente me atribui, ele tampouco se apaixonou por mim.

Olhavam-se, sorrindo.

— Quem sabe? — disse ele.

— Quem sabe? — ela repetiu. E prosseguiu, com alguma perturbação. — E o que mais?

— Como *o que mais*?

— Sim, diz outra coisa.

— Que outra coisa?

— Qualquer coisa! — ela insistiu, alterada.

Era um pecado abusar dela, e Rohán desistiu daquela escaramuça verbal.

— Esses nervos, minha amiga...

— Que nervos?

— Os teus...

— O que há com meus nervos?

Ainda estava alterada, mas de repente encolheu desdenhosamente os ombros.

— Ai, que chato que ele está... Eglé! – e voltou-se para a irmã, que estava ao piano, em pé, tirando uma valsa com um só dedo. – Te senta aqui, Rohán vai nos contar uma coisa nova.

Eglé sentou-se e as duas irmãs, atentas, esperaram.

Rohán as olhou, sem saber o que fazer. A situação se tornou tão ridícula que os três começaram a rir.

IX

Rohán continuou visitando com freqüência as Elizalde. Apesar dos anos transcorridos, o caráter especial de sua amizade com Mercedes não mudou, mas as provocações da moça, agora, eram mais langorosas, mais sinuosas, mais seguras, denunciando a mulher formada.

Certo dia, Mercedes pediu, obstinadamente, que Rohán contasse uma de suas histórias de amor. Cansado de resistir, ele começou:

— Era uma vez uma mãe que tinha duas filhas, e a maior delas...

Mercedes ouvia, imóvel, com uma daquelas atenções que, por demais profundas, geram a suspeita de que o pensamento anda longe. Em seguida o interrompeu:

— Tu a amaste muito?

— Muito.

Mercedes, calada, parecia satisfeita. Depois perguntou:

— Poderias me amar assim?

— Acho que não.

— Por quê?

— Primeiro, porque não me amarias como ela. E depois...

Mercedes pôs-se a rir.

— Impossível, claro. Dizes bem. Teria sido preciso... Verdade? Sim, sem dúvida. Mas... e se eu te amasse? – perguntou, com os olhos e o sorriso de quem se embriaga.

Rohán aproximou o tamborete até tocar nos joelhos dela.

– Vamos ver. Adivinha o que estou com vontade de fazer.

– Diz.

– Adivinha.

– Não, diz.

– Não, adivinha.

Sorriam, olhando-se. Rohán pôde acompanhar linha a linha a mudança no rosto de Mercedes, que ia ficando sério – o itinerário da emoção.

Rohán não era o rapaz de antes, e Mercedes percebia que já não dominava a situação. No entanto, atreveu-se:

– Um... beijo?

Rohán sentiu que as provocações tinham ido muito longe e seus dedos se crisparam. Preferiu levantar-se, pondo, ao fazê-lo, uma das mãos no joelho dela.

Mercedes o olhava e insistiu ainda, arrastando a sílaba:

– ...sim?

– Mas é uma bobagem o que estás fazendo – disse Rohán, com voz dura. – Por que isso? Sabes que eu não quero, não sabes? Eu não estou apaixonado por ti.

Mercedes o olhava ainda, mas parecia estar longe – aquela faculdade feminina de afastar-se da emoção atual, por funda que seja, para imaginar as possíveis conseqüências de uma situação diferente: se ela tivesse respondido outra coisa, se ele a tivesse beijado etc.

Eglé chegava, felizmente, e tudo passou. Quando Rohán foi embora, Mercedes lhe estendeu as mãos no vestíbulo, tranqüila e alegre.

– Até amanhã, não? Isto é, até segunda. Mas por que não vens amanhã? Não vamos te morder... Ou será que és tu que estás querendo me morder?

– De modo algum. Mas é bem possível o contrário.

Mercedes o olhou por um instante, como assombrada. Agarrou a saia e fez uma profunda reverência, cantarolando:

– "Se esta rua, se esta rua fosse minha..."

– Até mais – riu-se Rohán.

Como ela se mantinha numa humildade extrema, ele também lhe fez uma grave reverência.

X

Seu relacionamento com Eglé era frio. No início, por delicadeza, tratou de lhe ser agradável, mas logo passou a fazê-lo com sinceridade, ao reconhecer na esplêndida mulher a menina que lhe segredara amor oito anos antes. Embora estivesse convicto de que aquilo tinha sido um rompante de ternura infantil – o amigo dela ia embora para longe –, a indiferença de agora, mesmo que fosse natural, parecia excessiva.

Uma noite, observando-a em silêncio, deplorou até o fundo da alma não poder voltar ao passado. Via-a de perfil, os cotovelos apoiados na cauda do piano, o busto fortemente colorido pelo abajur escarlate. Folheava as músicas, completamente à mercê dos olhos dele, em sua serena e firme solidão de corpo desejável, seguro de que não pode ser tocado.

– Mudaste muito, Eglé – disse Rohán, depois de um longo silêncio.

– Eu? – voltando-se, surpresa.

– Eras mais alegre. É verdade que falo de muitos anos passados.

– Pode ser que eu dê essa impressão, mas sou tão alegre quanto antes.

Sorria.

Rohán não insistiu e calaram-se ambos. Ele não queria falar, mas sentia-se compelido a fazê-lo.

– O que eu noto é que eras mais expansiva.

Ela nada disse, séria.

– Ao menos gostavas mais de mim – ele tornou.

Ainda que pretendesse ser natural, sua voz estava alterada. Eglé virou o rosto, erguendo as sobrancelhas.

– Mais?

– Acho que sim – ele sorria com esforço. – Ainda me lembro daquela noite...

Eglé fez um ligeiro gesto de desagrado e afastou-se do piano, sentando-se. Houve um longo silêncio.

– Como pudeste te lembrar daquilo?

– Não sei, me lembrei – e aborrecido por ter visto o desgosto nos olhos dela, e sobretudo pelo fracasso que aquilo representava, acrescentou: – Não tira conclusões erradas do que eu disse. Me lembrei nem sei por que, uma associação qualquer. Espero que não tenhas entendido como uma censura... – e concluiu, contrafeito: – Lamento muito ter me lembrado desse jeito.

Ele se levantara e caminhava de um lado para outro com as mãos nos bolsos. Os dedos formigavam demais para que os mantivesse quietos, e a cada vez que passava pela cristaleira, parava um instante e fazia girar dois ou três bibelôs. Na passagem seguinte fazia a mesma coisa.

– Não acredito que penses que te odeio – disse Eglé, com um sorriso forçado.

– Não, isso não.

Mercedes chegava da rua.

– Rohán, imagina quem eu vi! E mamãe? Ai, o chá! Estou morrendo de fome. De fome, Rohán!

Passou à outra peça, voltou sem o chapéu e sentou-se à frente de Rohán.

– Rohán... meu amigo Rohán... imagina... – e tocou na mão dele. – Sabes quem eu vi? Olmos, o gordíssimo Olmos. Por que não vens um dia com ele?

Observava Rohán e logo mudou de assunto.

– O que há contigo hoje?

Rohán encolheu ligeiramente os ombros.

– Afinal, o que tens? Que horror, diz alguma coisa! Lola se encontrou contigo hoje de manhã? Eu não fiz nada, eu gosto muito de ti...

Rohán, no entanto, estava revoltado com a família toda e não falava nada. Mercedes pôs as mãos na cabeça e disse que ele estava simplesmente insuportável.

Pouco depois Rohán foi embora. Eglé, que estava mais perto, acompanhou-o até o vestíbulo.

– Estás aborrecido? – perguntou, ao despedir-se.

– Absolutamente, mas te juro que nunca mais vou me lembrar de nada.

E foi-se, furioso consigo mesmo: aquele juramento, se cumprido, afastava-o de Eglé.

"Sou um imbecil", dizia-se.

A garoa fininha, que irisava sua roupa, pouco a pouco ia escurecendo o asfalto.

Caminhou sem olhar por onde andava. Ao chegar, como por milagre, à esquina de sua casa, parou um instante. Decidiu caminhar um pouco mais, sem rumo. Não tinha sono, tinha, sim, um péssimo humor que o levaria, na cama, a ficar reconstituindo cenas de tormento. Às duas da manhã entrou em casa e fechou a porta com violência, como a dar vazão ao seu desgosto.

– Melhor! Assim acabou tudo!

Eglé...

XI

Rohán passou uma semana sem ir à casa das Elizalde. Mortificava-o não tanto a frieza de Eglé, mas o que ele entendia como sendo a fraqueza de um homem de 28 anos. "Me entreguei em dez minutos, nem pude sustentar a voz". Foram sete dias de vaidade ferida e, no fundo, sem que se desse conta, de crescente amor por Eglé. Além disso, seus problemas digestivos se manifestavam.

Depois de sua extraordinária cura na Europa, adquirira a convicção de que não voltaria a se indispor do estômago – porque ele, Rohán, *não queria*. E de repente, com desgosto, mais por desenganar-se da cura do que pelo mal-estar em si, viu que as indisposições recomeçavam.

Passou a acordar com dores na cintura e o corpo moído, não obstante o pesado sono de nove horas. Apetite, nem pensar. Mas não quis render-se e instava-se com o antigo aforismo: "Não tenho absolutamente nada no estômago". Não queria reincidir na velha tortura do estudo minucioso de cada sintoma. Seu estômago, que não estava doente, deveria submeter-se logo à norma imposta por seu lúcido diagnóstico.

Não houve, contudo, psicologias que dessem certo. Em dez dias, uma nova crise, se bem que passageira, veio instalar-se com seu tormentoso séquito. Rohán se resignou a sofrê-la e pediu licença de um mês no Ministério, onde reingressara, agora como subchefe de divisão.

Após duas semanas de debilidade progressiva, náuseas e febres, achou que já era hora de visitar as Elizalde. Foi recebido com um mar de censuras por sua ingratidão.

– Como mudaste em poucos dias – dizia a mãe. – De novo o estômago? Ah, sei bem o que é isso, é horrível. O único remédio, o único, é o regime.

– Não te faz mal o cigarro? – perguntou Eglé.

Rohán se impressionou com a naturalidade de Eglé.

– Não, muito pouco...

– Por que não vais para casa, Rohán? – perguntou Mercedes, que se mantivera afastada do grupo.

– Mercedes! – reagiu a mãe, com severidade.

– Que foi, mamãe – rebateu a moça, enfrentando-a. E de novo, mais cortante ainda: – Por que não vais embora, Rohán?

A mãe suspirou, levantando-se pesadamente do sofá.

– Rohán, no dia em que levares a sério essa menina estarás perdido.

Ao passar ao lado da filha, levou a mão para acalmar aquela cabeça louca, mas Mercedes afastou o rosto, como se temesse ser queimada. Eglé acompanhou a mãe. Rohán, passado um momento, foi sentar-se ao lado de Mercedes.

– Por que desejas que eu vá embora?

Mercedes, sombria, fitava-o, olhos semicerrados.

– Vai embora!

– Só se me disseres por quê.

– Vai embora!

Rohán a observava.

– Cuidado – disse em voz baixa –, isso ainda vai acabar em choro.

Mercedes encolheu os ombros e disse, com desdém:

– Porque, quem sabe, talvez eu goste demais de ti, não é? – e quase sem transição, pondo-se de frente para Rohán: – Vamos ser francos?

– Vamos – disse ele, chegando mais perto.

– Vais ser franco mesmo?

– Vou.

– Não vais mentir?

– Não, não vou mentir.

Mercedes o olhou demoradamente, sem que nenhum dos dois perdesse a gravidade do olhar.

– Francamente, tu achas que eu te amo?

Rohán respondeu com sinceridade:

– Não.

– Verdade?

– Verdade.

A moça, como na vez anterior, olhava-o sem vê-lo, pensando no que teria acontecido se Rohán tivesse respondido isso ou aquilo...

Ele estava de pé. Mercedes deu-lhe as mãos.

– Me puxa.

Eglé tocava piano na sala. Rohán notou uma mudança na voz de Mercedes. Puxou-a da poltrona e, aproveitando o impulso, abraçou-a pela cintura e a beijou na boca. Ela o empurrou com energia. Rohán ajeitou maquinalmente a gravata e foi para a sala.

Meia hora depois, quando Mercedes entrou, a mãe estava defendendo a Europa contra Rohán, que assumia posições extremadas, se bem que achando graça.

– Por que dizes isso? – objetava a mãe. – Passaste oito anos lá, és inteligente, falas francês... Não, não ri, Eglé! Dá para entender que tenhas ficado tanto tempo sem gostar de lá? Por que não gostaste? Que homem!

– Mas eu gostei...

– Ora, há pouco disseste que não.

– Eu me referia especificamente às mulheres...

– Nem tu acreditas no que estás dizendo.

– Juro que sim.

– Não nisso que estás dizendo hoje.

– Sobretudo nisso. Veja que em certa ocasião...

Embora um pouco espantada, a mãe se divertia com os disparates de Rohán. Num momento de silêncio, Mercedes interveio:

– Rohán, que é tão inteligente, deve saber o que é certo.

O sarcasmo era tão evidente que todos se voltaram.

– Outra vez, minha filha? – estranhou a mãe.

Mercedes não desviava os olhos de Rohán.

– Queres dizer o contrário, não é? – e Rohán tentava sorrir, pouco à vontade.

– Quero dizer o que disse – tornou Mercedes, com raiva. – De que outro modo poderia dizer?

– O que fizeste para ela ficar assim? – perguntou a mãe, inquieta.

– Nada, absolutamente nada – disse ele, receando que Mercedes, nervosa, deixasse escapar alguma coisa.

E como ela ainda o fitava com um turvo olhar de combate, apressou-se em retomar a discussão européia. Voltou-se para Eglé, que estivera com o olhar fixo nele.

– E tu? Gostas da Europa?

– Sim, muito.

Depois daqueles assédios ambíguos – mas assédios sempre –, Rohán temera que Eglé, para não se mostrar ofendida, tomasse servilmente o seu partido. Orgulhou-se dela.

– Ah, esquecemos de te avisar – disse a mãe, quando Rohán se despediu. – Na terça-feira vamos para a quinta. Faz muito calor aqui e meu coração... Vais nos visitar? E cuidado com o regime, viu? Sei bem o que é passar mal do estômago. Lola, no primeiro ano de casada, também sofreu terrivelmente. Apesar de que, agora, já me pareces bem melhor...

– Sim, de noite. Mas de manhã recomeça a festa. Enfim, até breve.

Mercedes já se deitara, com péssimo humor. Eglé o acompanhou novamente até o vestíbulo.

– Vais nos visitar? – perguntou, estendendo a mão.

Rohán percebeu certa inquietude nos olhos azuis de Eglé, apesar da calma de sua voz. Quase imperceptivelmente, suas pálpebras tremiam.

Continuou segurando a mão dela.

– Queres que eu vá? – perguntou, em voz baixa.

Eglé retirou a mão com um sorriso.

– Quero.

Rohán saiu caminhando apressadamente, cheio de contentamento. Não conseguia pensar senão naquele último instante com Eglé, sua Eglé, sua pequena Eglé, e desafogava a fervente felicidade numa marcha acelerada e vá apertões de punho nos bolsos, até rir-se de seu próprio entusiasmo.

XII

No dia seguinte, às duas da tarde, estava de volta. Não pôde, contudo, ver Mercedes e Eglé, depois do almoço elas tinham ido à quinta para arrumar a casa. Teve de se resignar com perder um quarto de hora com a mãe.

– Que horror, Rohán! Estás com um aspecto medonho. Passaste mal a noite? Santo Deus, como podes estar com frio num dia como hoje? – reclamou, vendo o sobretudo de Rohán. – Ao menos baixa essa gola!

Rohán tinha experiência bastante com seus frios para condescender com aquela maternal solicitude. Nem tirou as mãos dos bolsos e foi embora agastado com o fracasso da visita.

Passou oito dias terríveis. Recuperado, foi a Constitución* pegar o trem, e os 25 minutos do trajeto se arrastaram com uma lentidão exasperante. Duas ou três vezes olhou inquieto para o sol, receando chegar demasiado tarde. Queria vê-la em plena luz, ver bem seus olhos, com o ligeiro arquear de sobrancelhas que era tão dela quando olhava com interesse.

Chegou a Lomas.

Estando prestes a vê-la, atravessou a ponte sem apressar-se, como se precisasse fazer esse sacrifício de amor. Da primeira curva da Avenida Meeks avistou o grupo de branco na calçada – a mãe e Eglé sentadas no banco de pedra, Mercedes com as mãos às costas e apoiada no tronco de um cinamomo. Quando atravessou a rua, elas o viram. Mercedes veio ao seu encontro fingindo não vê-lo, para evitar a ridícula e íntima situação de dois amigos que, reconhecendo-se de longe, não podem deixar de achar graça um do outro. Recebeu-o como se não se lembrasse do que ocorrera na outra noite.

– Curado já? Que bom! Ai, Rohán, está tão chato aqui... Ficas para o jantar, não é? Sim? Ficas?

---

* Bairro onde havia importante estação de trens. (N.T.)

Como a insistência estava cheia da mais cordial boa-fé, e sua intenção, de resto, não era outra, respondeu que sim. Em troca notou, já ao primeiro olhar, que Eglé também não queria lembrar-se de nada. Cumprimentou Rohán rapidamente, voltando-se para comentar com a mãe a respeito de alguém que passava na outra calçada. A indiferença era excessiva para ser sincera, mas, ainda assim, Rohán sentiu o golpe. Continuou falando com Mercedes, sem deixar de amargar aquela frustração. Mas, ao contrário do que ocorria quando estava só e deixava transparecer suas emoções, na presença de outras pessoas as dissimulava por completo.

– Que tarde divina – suspirou a mãe. – Nem sei por que não moramos sempre aqui. Vamos caminhar um pouco, Rohán?

Começaram a andar, seguindo a avenida até Temperley. A cada instante tinham de se desviar do ciclismo titubeante de meninas com chapeuzinhos puxados para trás, cujas aias emprestavam o ombro entorpecido para o incipiente equilíbrio. Como ali não era possível passear sossegadamente, tomaram uma avenida transversal, a oeste.

Caminhavam devagar, Mercedes e Eglé na frente, abraçadas pela cintura. Cantavam em voz baixa. De repente, Mercedes reclamou:

– Eglé, por favor!

Eglé tinha pouca voz e não era muito afinada. Acostumada aos protestos musicais da irmã, sorriu sem interromper o canto. Rohán a olhava com profunda ternura.

– Que tarde – repetiu a mãe, como se jamais tivesse visto uma igual.

Todos se voltaram para o trecho já percorrido. O entardecer era realmente aprazível, com seu frescor de quinta. A rua de paralelepípedos, lavada pelo aguaceiro do meio-dia, ainda estava no claro, entre a dupla fileira de cinamomos e álamos, cujas frontes já escureciam as calçadas. Não ventava. Todos os cata-ventos estavam imóveis. As vozes eram ouvidas clara e distintamente nas quintas vizinhas – vozes de mulheres, sobretudo. Apesar do cheiro de carvão que vinha da ferrovia, chegava até eles de vez em quando, em ondas puríssimas, o odor dos eucaliptos de Temperley, cuja massa cinzenta, a sudoeste, confundia-se com o céu. Uma tênue neblina esfumava as frondes quietas e adormecia a paisagem, dando ao lento crepúsculo uma tranqüilidade edênica.

Retornaram sem pressa, já era noite quando chegaram à quinta. Depois da janta, repetiu-se o passeio. Rohán ia com Eglé, ponteando a caminhada até Temperley.

– Cuidado, Rohán – era Mercedes.

Ambos olharam para trás. Mercedes, olhando para o alto, recitava:

– "Era uma vez um jovem pobre que amava..."

A insinuação, direta demais, deveria fazer com que os dois rissem, mas eles continuaram sérios, constrangidos por aquela alusão extemporânea.

Rohán tinha desejos loucos de definir a situação, mas receava dar outro passo em falso. Depois daquela noite em que lembrara a Eglé sua atitude amorosa de menina, sempre sentia vergonha. Como se tivesse lembrado uma paixão de menina para exigir o amor da mulher.

Caminhavam um ao lado do outro, muito ocupados em observar atentamente cada carro do desfile dominical. Passaram, em seguida, pelo último carro. Eglé, obstinadamente, ainda olhava para a rua, com uma expressão de inquieta expectativa.

– Pouca animação – disse Rohán.

Era certo que não a enganaria com esse comentário neutro, ambos sabiam que estavam perturbados. Mas não lhe ocorreu nada melhor. Eglé, intimamente, agradeceu-lhe.

– Sim, pouca – ela assentiu. – E com uma tarde tão linda...

Calaram-se outra vez.

– Não ficaste contente por eu ter vindo? – perguntou Rohán, abruptamente, a voz baixa, rouca de emoção.

– Por que perguntas?

– Bobagem – disse ele, seco. – Pensava que isso podia te agradar.

Jogou o cigarro fora e abotoou nervosamente o casaco.

– Francamente – tornou –, se não receasse te desgostar mais do que já desgostei com minhas atitudes ridículas, te diria o nome certo do que estás fazendo.

Eglé reagiu:

– O que estou fazendo?

Rohán a olhou com todo o ódio que lhe despertava aquela vil coqueteria.

– Pena que não possa dizer – e o tom era amargo.

Continuaram caminhando, mudos. Detiveram-se debaixo de um lampião, uma quadra antes de chegar a Temperley, e esperaram Mercedes e a mãe, que se aproximavam vagarosamente sob as sombrosas copas dos cinamomos.

– Fiz alguma coisa errada? – perguntou Eglé, com voz submissa.

– Fez – ele disse, sem voltar-se.

Ainda olhava para o lado, o cenho carregado, sentindo uma dor que doía até o fundo da alma.

Retornaram.

Agora Rohán acompanhava Mercedes, encerrado em seco mutismo. Chegando à quinta, detiveram-se no portão, e a família inteira cumprimentou as vizinhas, que estavam debruçadas nos gradis. Rohán estava de costas para a rua.

– Rohán, cumprimenta as vizinhas – pediu Mercedes, rapidamente e em voz baixa, sem deixar de inclinar-se e sorrir para elas.

– Não estou com vontade.

Apesar da insistência de Mercedes para que ficasse um pouco mais, dirigiu-se em seguida à estação. Um tanto brutalmente abriu caminho entre os tercetos e quartetos de moças que passeavam de braços dados pela gare e subiu no primeiro trem que passou. Atirou o chapéu no banco, recostou a cabeça e fechou os olhos, deixando-se cair no abismo onde tombara seu coração, pois achava que, depois do que dissera, não seria possível recomeçar jamais.

XIII

Passaram-se dois meses. Rohán e Eglé gastavam seus nervos, simulando indiferença. Quando a conversação era geral, e sobretudo quando o grupo prestava atenção numa só pessoa, observavam-se furtivamente. Às vezes os olhares se cruzavam e então, infantilmente, insistiam em conversar, como se aquilo, para ambos, fosse muito natural. Para que Rohán não soubesse... para que Eglé não pensasse... etc.

De vez em quando chamavam-se pelo nome de um extremo a outro da copa: aquilo era uma prova de autodomínio. Mas ambos sabiam que não enganavam um ao outro e que o amor crescia por trás dessas bravatas.

Certa manhã, depois de oito dias sem ir a Lomas, Rohán se encontrou com a família no Centro e teve de acompanhá-la à estação. Dois ou três choques picantes com Mercedes o distraíram da inquietante proximidade de Eglé. Na gare, isolou-se com Mercedes num ambíguo e delirante *tête à tête*, forçando a tal ponto a liberdade que a moça lhe concedia que, mais de uma vez, ela o advertiu: era impossível continuar ouvindo.

Foram andando até a locomotiva, mas o intenso fulgor do dia os obrigou a voltar em seguida para a calmosa luz sob a cobertura da gare. Seus passos desencontrados ressoavam no cimento luzidio. Uma gargalhada que Mercedes não pôde evitar se propagou até o portão de entrada.

Ao soar o sino, Rohán subiu no trem com elas, sentando-se ao lado da mãe. Eglé sentou-se diante dele, à janela, e olhava para fora. Mercedes, com o busto erguido, colocou a sombrinha entre os joelhos. Tinha o olhar febril e mordia os lábios sem cessar. Rohán olhou para o relógio.

– Quando vais nos visitar? – queixou-se a mãe, embora a queixa verdadeira fosse do calor insuportável dentro do enorme corpete. – Faz 15 dias que desapareceste. Estás doente de novo?

– Não, senhora. Irei logo.

– Verdade?

– Sim, mamãe, amanhã – disse Mercedes.

– Vamos te esperar nos próximos dias, está bem? – insistiu a mãe, sem fazer caso da filha.

– Mamãe, eu já disse – e Mercedes sacudiu a cabeça, impaciente.

– Está bem. Irei amanhã, senhora, para satisfazer a senhorita sua filha, que deseja tanto...

– Ah, não – cortou Mercedes –, eu não desejo absolutamente nada. Muito obrigada. A verdade é que ele mesmo está louquinho para ir.

Rohán percebeu o que ela queria dizer e a desafiou:

– Ir por ir, nada mais?

– Não, ir por Eglé.

Eglé lançou a Rohán um olhar descontente e frio. A mãe olhou para Mercedes, com a perfeita incompreensão de mãe que não quer compreender.

– Não é nada, mamãe. O assunto é com Rohán.

Constrangido, ele não sabia o que dizer.

– Adivinhona – disse, por fim.

Ao mesmo tempo, deu-se conta de que dissera uma vulgaridade. Mercedes também percebeu e seus lábios se entreabriram num sorriso cruel.

– Eu pensava que os homens eram mais inte... mais espirituosos...

– Mercedes! – reclamou a mãe.

– Inteligentes, pronto. Inteligentes! Não tenho culpa se Rohán diz asneiras.

Continuava desafiante, a sombrinha apertada entre os joelhos. A mãe olhou para Rohán, Eglé virou-se, ficando de perfil para a irmã. Trocou com Rohán um sorriso forçado, riu para a mãe. Depois cruzou as pernas e se acomodou no seu canto, séria outra vez.

O trem partia. Rohán cumprimentou a mãe e Eglé com um rápido aperto de mão. Mercedes, como resposta à mão que ele estendia, limitou-se a um displicente encolher de ombros.

XIV

Rohán só foi a Lomas 15 dias depois. Suportou alegremente o cumprimento não muito cordial de Mercedes e as costumeiras censuras à sua ingratidão.

– Que alegre ele está – disse Mercedes, depois.

– Hoje estou bem. Só me falta teu carinho.

Mercedes inclinou a cabeça para trás, semicerrando os olhos.

– Mas não vais morrer por causa disso, vais?

Rohán se aproximou.

– Vamos fazer as pazes – disse, lealmente.

Estava tão perto que sentiu o perfume da carne dela e logo um relaxamento nervoso, seguido de um frêmito de excitação. Recorreu com o olhar as feições de Mercedes e deteve-se na boca entreaberta. Mercedes também o olhava e também se fixou em sua boca. Tiveram de se afastar, no entanto, um rapazote sardento passava de bicicleta na calçada e olhava para a moça.

Eglé e a mãe, distantes uma da outra, retornavam lentamente de um breve passeio até a esquina.

Começava a anoitecer.

Rohán, que nas duas ou três vezes que fora a Lomas em domingos à tarde tivera a felicidade de encontrar as Elizalde sem vontade de participar do tradicional desfile de carros, teve de acompanhá-las no apertado *break**, cumprimentando, cobrindo-se de poeira, sem outra distração senão constatar os inevitáveis e insistentes olhares masculinos para Eglé.

A irritação de Mercedes não cessava. Mais tarde, à mesa, referia-se a *de* Rohán com incisivo desdém.

— Mamãe, chegaste a ver as Santa Coloma? Já não sabem mais como nos espiar. A menor, então, nos comia com os olhos. A não ser, é claro, que elas estivessem olhando para *de* Rohán...

Mas ele estava determinado a responder de boa-fé.

— Achas? Não acredito, elas nem me conhecem. Na verdade eu nem reparei.

— Tens sorte — sorriu Mercedes, compassiva.

E continuou a alfinetá-lo, apesar do visível cansaço dele com as agressões sem fim. A mãe interveio uma e outra vez, inutilmente. Os sarcasmos de Mercedes, exasperados pela obstinada mansidão de Rohán, estavam chegando a um ponto insuportável quando, de repente, ela ergueu a toalha e olhou por baixo da mesa.

— Não te espicha tanto, Rohán, teus pés vão tocar nos meus.

Rohán retesou-se, surpreso, e no mesmo instante sentiu seu próprio pé apertado entre dois sapatinhos de verniz. Mercedes, imóvel, fitava-o com um ríctus de provocação e gozo. E antes que Rohán pudesse fazer qualquer movimento, recuou os pés sem fazer ruído.

— Não te alcanço, Mercedes — disse ele.

O tom era para ser natural, mas não o foi. Eglé olhava atentamente para a irmã. A mãe, zangada, censurou a filha: aquilo não era brincadeira de moça, ainda que fosse com Rohán.

Ele achou graça.

---

* Em inglês no original. Antigo carro de quatro rodas, para excursões. (N.T.)

– Sou tão pouco perigoso?

– Eu não disse isso. Oh, Rohán, por favor! Embora seja contigo, que és de casa e costumas implicar com ela, essas brincadeiras são fortes demais. E o pior é que vêm de uma moça...

– Está bem, mamãe, está bem! Me arrependo de tudo. Vou ser ajuizada, mais ajuizada do que Eglé. Desculpa, mamãe! Desculpa, Rohán!

A mãe olhou para Rohán como a lastimar a cabeça-de-vento de sua filha, sem esconder, no entanto, que se orgulhava dela. Era evidente que tinha predileção por Mercedes.

Os antebraços, acalmados, pousaram na toalha. Ainda que a paz tivesse voltado, a noite pesava sobre os nervos de Mercedes. Queria ficar séria, mas de repente dava uma ruidosa gargalhada, que bruscamente se interrompia. E já não conseguia controlar-se e punha-se de novo a rir com o ritmo cascateante das moças histéricas. Ninguém dizia nada. O riso ia decrescendo até cessar e Mercedes ficava imóvel, como assombrada. Mas se alguém dizia qualquer coisa, o riso recomeçava, sacudindo seus ombros. Por fim, seus nervos se aplacaram e, para mantê-los quietos, precisou ficar longo tempo sem olhar para ninguém.

Tinham terminado o jantar. Eglé, o rosto apoiado na mão, batia com a colher numa taça. O lamento do cristal subia na água irisada, vibrátil, e dançava no ar com pureza de diapasão.

– Minha filha, pára com isso – disse a mãe, preocupada com a etiqueta.

Eglé, pensativa, não parou.

– E se fôssemos à estação? – sugeriu Mercedes, serenada já. – Vamos, Rohán? Mamãe? Eglé?

Não era uma solução maravilhosa, mas Rohán a aceitou de bom grado. A mãe foi se arrumar, seguida de Eglé.

– Vem, Rohán – tornou Mercedes, compondo rapidamente a saia. – Vamos esperar lá na porta. Me dá o braço, para provar que não estás zangado comigo.

Antes de chegar à grade do jardim, Rohán parou, tomou Mercedes das mãos e a olhou nos olhos. Ela tentou debilmente recuar. Não o conseguindo, devolveu o olhar de Rohán com um sorriso forçado.

– Que pena – murmurou Rohán, puxando-a, fazendo com que ela se balançasse ligeiramente.

Abraçou-a pela cintura e a apertou. Mercedes não tentou esquivar-se, tampouco devolveu o beijo, e fruiu assim, imóvel, o fogo que lhe abrasava a boca.

Quando os lábios de Rohán se afastaram dos seus, desprendeu-se dos braços dele e seguiu vagarosamente até o gradil. Encostou-se num cinamomo e olhou para a lua, sem piscar. Rohán, aproximando-se, sentou-se no banco de pedra, sem ânimo para dizer qualquer coisa.

– Que noite linda – ela murmurou.

Rohán nada disse. Ainda contemplando a lua, Mercedes tornou, com a voz arrastada:

– Sabias que Eglé te ama?

Rohán sentiu uma instantânea e profunda ternura por Mercedes. Chegou a pensar que se enganara de amor e era a ela, Mercedes, que ele amava.

– Ela tem ciúmes de ti? – perguntou.

Mercedes encolheu os ombros. A lua de prata agrandava seus olhos fixos.

– Estou com vontade de chorar – disse, com suavidade.

Rohán se ergueu. Seu carinho chegava agora à compaixão – aquela compaixão que é um rio de ternura a brotar do coração masculino, quando tocado em certas fibras, um sentimento profundo que leva o homem a dizer, gratuitamente, ao acariciar a mulher amada: "Pobrezinha... pobrezinha..."

Mal se levantara, conteve-se. Chegavam a mãe e Eglé, esta com um penteado diferente. Rohán a olhou como se fosse a primeira vez que a via em vários meses, como se tivesse perdido e agora recobrado a consciência de sua formosura. Observou-a, encantado, e suspirou ao pensar que um dia, talvez, pudesse beijá-la.

XV

A estação transbordava de gente. Entrando pela gare do norte, tiveram de parar, era simplesmente impossível ir adiante. Não restou alternativa às Elizalde senão ficar olhando as mulheres que passeavam pela plataforma e trocar algumas palavras a respeito delas. Rohán, por sua vez, admirava a paciência com que as passantes suportavam o exame. De longe elas já sabiam que, chegando ali, seriam analisadas minuciosamente. No entanto, as pobres moças, ainda que malvestidas, avançavam sem a menor perturbação até onde estavam as Elizalde, tesas e impassíveis, com a segurança de quem se veste de modo inatacável. Rohán, propenso à ternura naquela noite, sentiu uma grande simpatia pelas pobres moças.

Um alegre cumprimento das Elizalde para a gare do sul chamou sua atenção.

– Vamos atravessar – disse a mãe. – Vamos conversar um pouco com as Olivar.

De resto, era mais distinto passear pela gare do sul. Abriram passagem como lhes foi possível e os dois grupos se encontraram. Agora podiam caminhar em paz, mas o burburinho da outra plataforma atraía todos os olhares, e entre a vozearia geral, os comentários persistiam, agora com duplo furor, já que se tratavam de famílias *comm'il faut*.

Dali, parecia a Rohán ainda mais espantoso o rodeio ovino dos passantes. Iam de um lado a outro, dando meia-volta, invariavelmente, nas extremidades da plataforma, como se ali acabasse o mundo. Faziam-no com uma lentidão solene, os rostos vermelhos, suados. Aquele vagaroso e obstinado vaivém, visto por trás da tela de arame, dava a Rohán a impressão de uma manobra pertinaz e irracional que já o teria afligido em algum pesadelo. E no meio passavam os trens com sua cauda de vento, espalhando os papéis velhos jogados nos trilhos e afundando os vestidos entre as coxas.

Finalmente, retiraram-se. Eglé e Rohán iam na frente e ainda não tinham trocado palavra. Também a moça estava absorta.

– Te divertiste? – perguntou Rohán.

– Não muito – disse ela, levando as mãos às têmporas.

– Estás com dor de cabeça?

– Não, me pesa um pouco. Que chato! Não sei como Mercedes gosta disso.

– Ela é diferente. Eu também não acho graça nenhuma.

– Eu pensava que sim...

– Absolutamente.

Calaram-se. Depois de um momento, Rohán continuou:

– Curioso que tenhamos o mesmo gosto.

Apesar do silêncio de Eglé naquela noite, Rohán tivera a impressão de notar, primeiro no *break*, depois à mesa e depois ainda quando iam para a estação, certos olhares intensos e fugidios, que Eglé se esforçava para dissimular. "Nesta noite ela me quer", pensou. E o demônio da impulsividade, que induz à pressa e à conseqüente perda de oportunidades, subiu-lhe irresistivelmente desde o coração.

– Ouviste o que eu disse?

– Eglé – chamou a mãe lá de trás.

– Sim?

– Não caminhem tão ligeiro.

– Ouvi – disse Eglé, ao mesmo tempo em que olhava para a mãe. E acrescentou: – Bem, estamos chegando.

Pela terceira vez Rohán viu o caminho aberto, mas lembrou-se de seus desencantos anteriores. "Se lhe disser algo concreto, vai se fechar de novo". Sentiu raiva dela: "Se pensas que vou te dar esse gosto, sua estúpida..." Como sempre, exagerava, garantindo um ódio fictício que o ajudasse a enfrentar as frustrações.

Chegaram à quinta, mudos de novo. Foram todos para a sala, onde Mercedes tocou piano com mais doçura do que se poderia esperar depois da cena de nervos na hora do jantar. Depois Eglé a substituiu e Rohán ficou só com ela na sala. A moça continuou tocando, mas, pouco a pouco, as peças começaram a não chegar ao fim e ela então se limitava a ligar acordes. De repente, voltou-se para Rohán.

– O que queres que eu toque?

– O que quiseres.

Ao ouvir a nova música, Rohán se surpreendeu. Era uma canção antiga, não ouvida fazia muitos anos. Rohán lembrou-se daquele tempo e recapitulou num segundo todas as mudanças que tinham ocorrido em sua vida.

– Há quanto tempo não ouvia essa música – disse, quando ela terminou. – Se não me engano, já tinha ouvido antes, aqui mesmo, tocada por uma de vocês.

– Sim, ouviste – disse Eglé. E sem afastar os olhos da partitura, pois repetia a execução: – Mercedes a tocou na noite em que foste embora.

A lembrança era viva demais e o perturbou.

Do sofá, com a cabeça apoiada no espaldar, Rohán a via de perfil. Os olhos dela, que baixavam fugazmente para o teclado, estavam contraídos pelo esforço da leitura e pela luz que lhe dava de frente. Agora que a concentração fazia com que se esquecesse da própria fisionomia, seus traços se tornavam um tanto duros – sem dúvida sua expressão natural quando estava só.

Rohán admirava o corpo dela. O detalhe mais insignificante tinha para ele, naquele momento, uma sugestão eloqüente. Notar um alfinete na gola do vestido bastou para inundar seu peito com uma onda de viril ternura. Sentia desejos loucos de abraçá-la, protegê-la, aquela mesma e bizarra compaixão que o fazia ter vontade de dizer: "Pobrezinha... pobrezinha..."

Lançou-se no precipício que havia diante dele:
– Que idade tinhas quando fui embora?

O pretexto para recomeçar era tolo, a efusão de seu amor o transformava num menino.

– Oito anos. Era muito pequena.*

– Isso eu sei – disse ele, secamente. – Não precisas te defender.

Eglé o olhou rapidamente, mas o tempo suficiente para que ele percebesse, pela quarta vez naquele dia, que era um olhar diferente, intenso.

– Eu não quis me defender.
– Acredito – murmurou Rohán.

Sem afastar os olhos do mesmo ponto da partitura, Eglé acrescentou:

– Eu gostava muito de ti, não é?
– Sim... – ele disse, e acentuou, com doloroso sarcasmo: – Gostavas...

Queria parar ali, mas o amor que sentia por ela lhe deu outro e tumultuoso impulso:

– Te lembras do balcão?
– Me lembro – murmurou Eglé, aproximando mais os olhos da música.

Rohán, com o céu aberto de repente, levantou-se e, lentamente, levou a mão até a mão dela.

– E ainda gostas de mim? – perguntou, com a voz alterada pela emoção.

Eglé voltou o rosto. Sorria, feliz.

– Ainda.

---

* Na verdade, nove. (N.T.)

Tomando-lhe o queixo, Rohán ergueu o rosto dela e a beijou na boca. Foi um beijo tão longo, tão apertado, que Eglé saiu dele fatigada, rendida àquele amor que acabava de confessar.

Meia hora depois se levantaram e foram para o balcão. Estavam tão felizes que não sabiam o que conversar. Olhavam-se e riam.

A noite estava clara, com a lua testemunhando aquela felicidade. O jardim, úmido de orvalho, não negava seu perfume à noite. Da grade, Mercedes os viu.

– Eglé, por que vocês não descem? Está mais fresco aqui.

– Não podemos – disse Rohán.

– Não podemos – Eglé repetiu.

Depois de considerá-los por um momento, Mercedes falou com a mãe em voz baixa e subiram juntas.

XVI

Na manhã seguinte, Mercedes levantou-se mais cedo do que habitualmente. Eglé, com o lençol aos pés, dormia ainda. Tomou café sem vontade e desceu para o jardim. A manhã, fresca e ensolarada, fez com que apertasse os olhos. Andou de um lado para outro, sem saber ao certo o que faria. Sem demora parou, suspirou, as mãos na cintura, e olhou ao redor, contrafeita. Pensou em tocar piano, mas tinha muita preguiça para ficar ela mesma fazendo barulho. Voltou ao quarto e de lá desceu com um livro. Sentada num banco do jardim, leu o título da obra umas três ou quatro vezes, desatenta. Viu uma formiga atravessar a trilha de cascalho e ficou olhando até perdê-la de vista na grama. Quando ergueu a cabeça, o sol a obrigou a desviar os olhos. Quis enfrentá-lo, fazendo a mão de pantalha, mas, apesar de se esforçar, fechando um olho, a luz a ofuscava. Resignou-se e sentou-se de lado, a cabeça na mão. Entreteve-se por certo tempo com as pedrinhas de brita, que dispôs em semicírculo. Depois, o sapato chamou sua atenção e estendeu ambas as pernas tanto quanto lhe foi possível. Olhava para os pés, meditativa. Logo, mais meditativa ainda, puxou lentamente a saia para cima, até a metade das coxas. Mas em seguida a puxou para baixo num movimento brusco, olhando inquieta ao redor.

Retomou o livro, abriu numa página qualquer e não entendeu uma só palavra. Largou-o no banco, desanimada, abraçou os joelhos e tornou a suspirar, olhando para os lados. Que fazer? Resolveu, por fim, despertar a irmã, algo que é sempre grato a uma irmã enfadada. Subiu outra vez, abriu a janela de par em par e sacudiu Eglé pelos ombros.

– São dez horas, Eglé!

A outra murmurou qualquer coisa sem abrir os olhos e voltou-se para a parede.

– Estou com sono...

Mercedes não desistiu:

– Não, não, te levanta. Ai, se me visses... Estou tão desanimada...

Eglé levantou-se. Vestiu-se em silêncio, com minucioso esmero, olhando-se longa e pensativamente no espelho, como se já não se lembrasse de seu rosto. Penteada, passou o braço pela cintura de Mercedes e a levou ao balcão.

O sol, mais forte ainda, alvejava a avenida quente e deserta. Na esquina passou um *break*, despertando o calçamento, que em seguida retornou ao seu sono poeirento. As irmãs espicharam o pescoço, mas não puderam identificar os passageiros.

– Ainda estou com sono – disse Eglé. – Por que não me deixaste dormir?

Mercedes estava animada:

– Vamos ao Centro?

– Mamãe não vai deixar.

– Vamos pedir – e arrastou a irmã para baixo.

A mãe se opôs decididamente: no dia anterior tinham voltado às duas da tarde e isso era suficiente.

– Mas Lola, a gente não tem o que fazer – queixou-se Mercedes, que desde pequena, nos momentos mais ternos, chamava a mãe pelo nome.

Perdida a única esperança de distração, as jovens se olharam, desconsoladas, e subiram para o quarto.

– E se chamássemos Rohán? – sugeriu Mercedes, como se aquilo fosse um grande achado.

– Não – disse prontamente Eglé. – Ele vem de noite.

– Claro! Não me lembrava! Senhora *de* Rohán... como fica bem! Quando te casas?

A voz dela tinha mudado. Eglé não respondeu.

– Ah, é? Vou telefonar pra ele.

– Mamãe – Eglé ergueu a voz –, diz pra Mercedes não fazer isso!

– Isso o quê? – perguntou a mãe.

– Quer telefonar para Rohán e pedir que venha.

– Mercedes! – gritou a senhora lá de baixo.

– Por que não, mamãe? Só porque é namorado da Eglé vai deixar de ser nosso amigo?

– Não, não é por isso. É que não fica bem.

– Por que não fica bem?

– Porque não, filha. Deixa de ser ridícula.

Mercedes fitou Eglé com os olhos semicerrados.

– Não vou comer teu Rohán.

– Eu sei.

– O que sabes?

– Que não vais comer Rohán.

– Claro que não vou. Podes estar segura. Não vou tocar nele.

– Eu sei.

– Sabes! Ah, sabes? Não tens ciúmes de mim?

Eglé, sem responder, levantou-se, no rosto uma expressão sentida.

– Mamãe, diz pra Mercedes que me deixe em paz!
– Mercedes!
– Não é nada, mamãe! É ela! Não se pode dizer nada! Muito bem. Fica com teu amor, te deixo. Podes estar certa de que ninguém vai disputar tua felicidade.

Durante a tarde toda ficaram sem falar. Ao cair da noite sentaram à frente da casa, e os comentários trocados por hábito trouxeram novamente a paz.

XVII

Rohán fazia suas visitas nas quintas-feiras e, nos primeiros tempos, a semana lhe parecia terrivelmente longa.

No dia da visita costumava jantar com as Elizalde. Por isso na quarta à noite, ao sentar-se à mesa em sua própria casa, lembrava-se, contente: "Amanhã é quinta, amanhã não janto aqui". E ao figurar Eglé ao seu lado, rindo a cada vez que, por recomendação da mãe, passava-lhe o pão, sentia-se inteiramente feliz: era véspera de vê-la.

Em outras horas, fora dos momentos de aguda paixão, a recordação de Eglé não lhe provocava mais do que um grande contentamento consigo mesmo e uma repousada clareza para ver e julgar as coisas. Era sobretudo em circunstâncias íntimas – ao deitar-se, ao levantar-se – que evocava a namorada. E também ao fazer ou pensar algo de bom que ela ignorava, ao escutar algum vago elogio a si mesmo... "Se ela ouvisse", dizia consigo.

Na quinta tomava o trem, lembrando-se das viagens que fizera antes, quando queria se convencer de que Eglé lhe era indiferente e desembarcava em Lomas para visitar não Eglé, mas *as* Elizalde.

Eglé o esperava. E na hora certa, não antes – os dias eram longos e no costado do gradil não havia nenhuma cortina de arbustos –, começavam a namorar no jardim.

– Minha querida! – dizia Rohán, apertando o rosto dela entre as mãos.

Eglé, sorrindo, cedia ao doce embalo com que ele apoiava cada palavra de carinho. Às vezes ficava séria e o olhava atentamente, como se estivesse a duvidar do amor dele, ou mergulhava num daqueles desvios de pensamento tão próprio das mulheres. Rohán esperava o fim do exame e sonhava com sua felicidade futura, no dia em que Eglé fosse inteiramente sua. Diante da visível alegria no rosto do namorado, Eglé vencia suas dúvidas e, sorridente, encostava o rosto no dele. Quando Eglé sorria assim – e Rohán erguia seu rosto pelo queixo –, ele sentia rugir em seu íntimo, lutando para escapar, os leões do desejo, e tinha de ficar imóvel, mal tocando nela, para poder aplacá-los.

– Eglé, querida, és ou não és minha?
– Sou tua.
– Se soubesses como sofri...
– E eu!

Ficavam sérios, abraçados.

– Amor...
– Sim?
– Para sempre?
– Para sempre.
– Para amanhã?
– Sim.
– E para um ano?
– Para um ano.
– E para muitos anos?

Eglé ria, feliz demais para continuar o jogo e logo afogada pelos beijos dele.

Em outras ocasiões dizia Rohán:

– Tenho certeza de que gosto de ti muito mais do que gostas de mim.
– Não é verdade – ela protestava.
– É. E se...

– Não, não, eu te amo mais. Se soubesses...

– Escuta, por que... – e ele trocava de posição para olhá-la de frente – ...por que não querias que eu soubesse que me amavas?

Ela se encolhia no peito dele.

– Eu te queria tanto...

Rohán a beijava na nuca, afastando os cabelos para que os lábios pudessem subir mais.

– Pensavas que eu tinha esquecido aquela noite, quando eras pequena?

– Não, não...

– No entanto, não há outro motivo. Gostavas muito de mim naquela época?

– Muito, muito...

– Menos do que agora?

– Mais!

– Quer dizer que agora me amas menos?

– Bandido! – e ela se erguia e tentava provar, com longos e molhados beijos, que ele se enganava.

Naturalmente, lembravam-se dos detalhes mais insignificantes dos desentendimentos anteriores, mas sem nunca chegar a um acordo quanto às causas. O que para Rohán era evidente, para Eglé eram apenas sofismas, pequenas maldades do namorado. Segundo Eglé, tudo não passava de má interpretação dele. Segundo Rohán, eram coqueterias dela.

– Não, te juro que não.

– Sim – ele teimava. – Era bom ficar só pensando que eu gostava de ti, não é?

– Ah, isso era...

– Mas se te agradava que eu te amasse e ao mesmo tempo me amavas, por que fazer aquilo?

– Não sei do que estás falando, te juro que não sei...

– Pois eu sei...

– Então diz.

– Não digo – ele respondia, puxando-a.

– Diz, diz.

– Não quero.

E esfregando os lábios na boca ou no pescoço dela, repetia: não quero, não quero, não quero. E os leões voltavam a rugir, interrompendo provisoriamente a discussão.

Mas, pouco depois:

– Gostaria de saber que fim levou aquela pessoazinha indiferente de outrora...

Eglé achava graça. Uma das coisas que mais deixavam Rohán satisfeito era o fato de ter pressentido que ela era assim, intensamente afetuosa.

– Já não há mais gestos de rainha, senhorita?

– Não, não... Mas tens certeza de que vais me querer por muito tempo?

– Ah, sim. Doze anos.

– Que horror!

– Mas como tenho 11 anos mais do que tu, na verdade são 23 de amor. Doze anos... muito, não?

– Não diz isso.

– Se nos casarmos, será menos tempo.

– Oh – ela exclamava, se bem que oferecendo a boca e aquele sorriso de lábios fechados, que Rohán absorvia num silencioso, profundo e arrebatado beijo, arrancando um rouco rugido de seus leões.

De vez em quando a conversa era séria.

– Quero para ti a mesma liberdade que quero para mim – ele assegurava. – Se tiveres vontade de ir a um baile, podes ir, com toda a segurança de que te amo demais para te ofender com a suspeita de que vais a um baile para namorar. E outra coisa: se formos juntos, não precisaremos ficar enfiando na goela dos outros o nosso grande amor e as nossas inseparáveis pessoas. Poderás dançar com quem quiseres, eu poderei dançar com quem quiser, exceto, claro, nos momentos em que queiramos ficar juntos. Que achas?

Eglé assentia, embora a idéia pouco lhe agradasse. E como mergulhava de novo em seus pensamentos dedutivos, ele indagava:

– Te aborrece que eu não seja ciumento?

Eglé se recostava em seu ombro, sem responder.

– Não queiras me ver ciumento – ele sorria, acariciando-a –, te garanto que não é agradável.

Eglé, que tinha Rohán na conta de um mulherengo, olhava-o com um misto de dúvida e fé.

– Não me importo que tenhas amado outra. O que eu quero é que me ames...

– Sim, tu e mais ninguém. E tu? Chegaste a amar alguém antes?

– Cheguei a pensar que sim. Mas agora, te querendo como te quero, vejo que nunca tinha amado.

Sua cabeça e seu braço esquerdo apertavam-se ao pescoço de Rohán. Este, seguro de que Eglé não mentiria, beijou-a, agradecido pela confiança que ela demonstrava ter nele.

XVIII

Passaram-se assim dois meses, e Rohán começou a achar que suas visitas estavam longas demais. Sempre ia embora cansado, a cintura dolorida pelas torções do busto no banco, e na manhã seguinte – como chegava em casa à uma e meia e só conseguia dormir uma hora depois – acordava tarde, o que não era do seu agrado. Uma noite disse a Eglé que, dali em diante, tomaria o trem das 23h40. No rosto da namorada transpareceu uma sentida surpresa, enquanto em seus olhos renasciam as dúvidas sobre o amor de Rohán. Ele, por sua vez, olhava-a tranqüilo, certo de que Eglé leria em seu rosto apenas a natural e firme decisão de não se cansar demais.

Eglé sorriu sem vontade, como as pessoas que concordam com algo embora convictas do contrário, e buscou o peito dele.

– Eu jamais me cansaria de ficar com meu namorado.

– Que sabes tu – sorriu Rohán. – São coisas nossas, dos homens... Não entendes nada desse assunto. Tua reação é típica das mulheres. Todo o amor que elas têm por nós está unicamente nelas mesmas: não importa que ele se canse ou sofra; estando comigo, me dá prazer e, portanto, tem que ficar mais tempo. Não é assim? Ora, vamos! Eu te quero sempre igual!

– Antes não te cansavas...

– Era no começo...

Eglé não compreendia. Rohán reafirmou o que acabara de dizer, alegando que, no início, era natural aquele entusiasmo, e era natural, também, que se sentisse mais excitado e incansável. Embora se desse conta de que essa verdade não era aceitável para uma mulher apaixonada e, por isso, com mais dificuldade de entender, insistia em ser absolutamente sincero.

Duas semanas depois, Rohán chegou à casa das Elizalde às sete e meia. Permanecera mais tempo do que costumava na Direção de Terras, estudando certos perfis de poços artesianos que tinham chegado ao seu departamento, vindos do Sul. Com seu entusiasmo por brocas e sondas, durante algum tempo entreteve Eglé com projetos que fazia para a estância, quando os dois se mudassem para lá.

– Aí está – disse, beijando-lhe as palmas das mãos –, este foi o motivo de eu ter chegado tarde. Me perdoas?

Eglé perdoava, com o mesmo sorriso amarelo. Em seus olhos, Rohán lia claramente a certeza de que o namorado a queria cada vez menos. Às vezes ela dizia isso e ele ria.

– Não, juro que não. É que vocês sentem o amor de um jeito diferente do nosso. Não leste *A história dos Gabsdys*, de Kipling?

– Não, o que diz?

– Algo muito parecido com o que acontece conosco. Com o que nos aconteceu, Eglé, querida... – e a abraçava.

Mas como na visita seguinte chegava outra vez às sete e meia, e assim nas demais, Eglé, passeando sozinha no jardim, sentia desmoronar sua felicidade de dois meses, pois o amor de Rohán ia se apagando pouco a pouco: ele ficava em sua companhia cada vez menos tempo para não fazê-la sofrer, para não ter que dizer que não a amava mais.

XIX

Uma tarde, Rohán se surpreendeu ao não ver Eglé à sua espera.

– Ela saiu, mas volta já – disse a mãe. – A menor das Olmos esteve aqui faz uma hora. Tu sabes como elas gostam da Eglé. Queria que Eglé fosse à casa dela comer um docinho, hoje é o dia de seu aniversário e Eglé nunca faltou. Concordou em fazer uma visitinha, esperando estar de volta antes que chegasses. Hoje vieste mais cedo, não é? – e olhou para o relógio.

– Realmente, senhora.

– Bem, eu espero que isso...

– Oh, não – riu-se Rohán –, não sou criança...

– Ela vai chegar logo, não pode demorar. Mercedes, por que não tocas piano? Já faz tempo que não te ouço.

A moça começou a tocar, enquanto a mãe tomava a escada que levava aos quartos.

Desde que Rohán iniciara o namoro com Eglé, sua amizade com Mercedes perdera toda a agitação de antes. Agora ela conversava ajuizadamente, sem o menor vestígio, na voz ou nos olhos, de seus tormentosos dias. Talvez não tivessem faltado a Rohán modo e ocasião de fustigar aqueles nervos loucos, mas a moça demonstrava tamanha disposição de ver nele apenas um simples e querido irmão que ele se satisfez em proceder como tal.

Nessa noite, ao vê-la tocar sem a presença absorvente de Eglé, maldormidas recordações despertaram vivamente. Ela engordara um pouco. A cintura ficava mais alta no tamborete. A saia, puxada para o lado, modelava as coxas, e na axila a blusa justa formava uma prega. Sua condição de irmã de Eglé transparecia no modo de ler a música: os mesmos olhos apertados, a mesma dureza da boca.

Quando ela concluiu sua *Tosca*, Rohán aproximou-se do piano.

– Não vais tocar mais nada?

– Não – e o olhar dela recorria as pautas da música executada. – Se quiseres, eu toco... mas não estou com vontade.

– Não, obrigado.

Mercedes levantou-se, apertou as têmporas com as pontas dos dedos – um costume das pessoas que têm enxaquecas – e se encostou na cauda do piano, a folhear partituras. Rohán, com o joelho no tamborete, olhava-a, e os leões despertos assomaram em seus olhos. Chegou mais perto.

– Procuras alguma música?

– Não, só estou olhando.

Aproximou-se ainda mais.

– Essa aí é fácil de tocar?

– Essa é, mas essa outra é dificílima – disse Mercedes, apontando o dedo.

Rohán pegou o dedo dela.

Sem nada dizer, Mercedes o retirou. Por um longo momento ambos ficaram imóveis. Rohán não olhava, mas via o rubor de Mercedes junto à orelha. Com as narinas dilatadas, aspirava os cheiros do corpo dela, ao mesmo tempo em que, num movimento vagaroso, abraçava-a pela cintura. Mercedes estremeceu. Ainda olhava a partitura e seu rosto se contraiu numa expressão de desagrado, enquanto o fogo abaixo das orelhas lhe invadia as faces. O braço de Rohán continuava apertando. Ela tentou levar a mão atrás para libertar-se, mas logo desistiu, mais rubra ainda e quieta.

Rohán estreitou o abraço e, tremendo, com calafrios, comprimiu os lábios no pescoço dela. Mercedes, tentando afastar-se, espremeu-se contra o piano.

– Me deixa – murmurou.

Rohán, com todos os seus leões a rugir, continuou apertando.

– Me deixa – ela reclamou novamente.

Conseguiu desvencilhar-se e foi sentar-se no sofá. Rohán a seguiu e, mudo, atraiu-a violentamente para si. Beijava o que encontrava pela frente, com um gemido de desejo acompanhando cada beijo. Mercedes, por fim, conseguiu descolar seus lábios dos dele.

– Não me queres – murmurou, com voz chorosa, ao mesmo tempo em que se abraçava furiosamente nele.

– Te quero, sim.

– Não, não me queres.

Rohán quis dizer algo, mas não encontrou sequer uma palavra. Mercedes mediu seu silêncio.

– Aí está, não me queres – repetiu, agora friamente, e levantou-se.

Quase ao mesmo tempo, entraram na sala a mãe e Eglé. Vendo Eglé, Rohán sentiu por ela uma imensa ternura. Ternura de marido, não de namorado, algo de íntimo agradecimento e muito de intensa proteção, sentimento que conhecem os casados um dia depois de fazer para a esposa uma injustiça.

XX

Na quinta seguinte, Rohán chegou mais tarde ainda. Dias antes conseguira todos os catálogos de sondas disponíveis na praça. Como se isso não bastasse, ao sair do trabalho visitou diversas casas especializadas. Examinava válvulas, gruas, diamantes. Calculava calibres e desgastes, com a atenção e o entusiasmo de um aficionado pobre que manipula um caro mecanismo. Como cedo ou tarde chegaria a ocasião de abrir todos os poços imagináveis na estância de seu pai, seu ânimo empreendedor, passando por brocas e sondas, abrangia Eglé, na certeza de que um dia, feliz, trabalharia com ela ao lado.

Cheio de fé em si mesmo, ia apressadamente até Constitución. Chegando tarde a Lomas, era recebido por uma tristonha Eglé. Ela não dizia nada, mas em seu primeiro olhar e, sobretudo, no modo de reclinar a cabeça em seu peito, Rohán notava que o desalento persistia. Pensava, então, na flagrante injustiça que ela cometia, desejando tê-lo ao lado à custa de tantas coisas importantes que precisava fazer em Buenos Aires. Sabia que, se falassem, desabafando, tudo passaria. Mas o mudo sofrimento de Eglé, ao invés de despertar compaixão, fazia-o pensar na sua gratuidade. Tinham seus bons momentos, decerto, mas, ao mesmo tempo, continuavam sofrendo.

Naquela quinta, ele se decidiu e comentou tudo o que ambos sentiam.

– No fundo – e a acariciava, para mitigar a verdade –, há um terrível egoísmo no amor de vocês. Pouco lhes importa a felicidade pessoal do homem que amam, se essa felicidade estiver fora do amor usufruído. A única coisa que vocês amam verdadeiramente é a própria felicidade, aquela que lhes proporciona o homem amado com sua presença. Isso é sabido, não é descoberta minha... Aliás, a descoberta de que sou autor é esta aqui – e passava-lhe a mão pela garganta.

Ainda não se habituara com a tersa cútis de Eglé, e a cada vez que a tocava se surpreendia com sua suavidade. O encantamento dele era tão evidente que Eglé sempre sorria quando ele começava a acariciá-la desse modo.

– Não, não é isso – ela murmurava, encostando o rosto no dele. – É que tu não me queres como antes.

– Te quero.

– Não, não...

– Sim, te quero.

– Vens porque tens pena, nada mais, é só pena que sentes da pobre Eglé...

– Pena? Vamos ver isso de perto.

– Oh, assim não vale – ela protestava, afogada de beijos.

– Esquecemos tudo então?

– Virás mais cedo?

– Isso não. De verdade – acrescentava, seriamente –, tenho muito o que fazer.

– E só nas quintas?

– Não, a semana toda. Esquecemos?

– Está bem, esquecemos.

A paz foi selada com tamanha cena de amor que as travessas de Eglé se desprenderam e o cabelo dela se soltou, transformando sua compostura de namorada em frescor de recém-casada.

Desceram para o jardim. A cada instante Rohán se detinha para vê-la à luz da lua, e no rosto de Eglé, em que a felicidade se mostrava com extasiada expressão, surgia o lento e divino sorriso de lábios fechados.

– Amor, meu amor...

– Sim?

– Minha vida...

– Sim, minha vida é tua...

– Não te cansas?

– Como? – ela afastara o rosto, inquieta.

– Não te cansas de ouvir o que digo? Não sei dizer outra coisa...

– Ah... Não, não me canso.

– Meu amor, minha vida, minha doce querida...

Essas torrentes de ternura – e o corpo de Eglé colado ao dele – mantinham os leões de Rohán num constante rugido. Quando eles enlouqueceram, Rohán se conteve apertando fortemente as mãos uma na outra, atrás da cintura da moça. Mas o contentamento por estar novamente em paz era forte demais para que eles se afastassem, e os leões tornaram a soltar-se, pondo em cada dedo de Rohán um feixe vibrante de nervos desvairados.

Num instante de trégua, Rohán espiou ao redor.

– Vamos sentar? Estou cansado.

Sentou-se primeiro, e quando ela quis imitá-lo, agarrou-a, atraindo-a para seu colo. Eglé resistiu, apertando sua boca contra a dele, e conseguiu sentar-se no banco. Rohán, com a alma e a voz suplicantes, insistiu:

– Vem, meu amor, vem...

– Não... não...

Os leões emudeceram de repente. Ela sentiu, sem perceber claramente a causa, e redobrou seus beijos com uma inquietação muda. Mas ele se levantou.

– Agora não adianta – o tom era cortante. – Estou morto.

Eglé ficou gelada.

– O que tens? – murmurou.

– Nada, vamos entrar. Vou embora.

Eglé se ergueu, silenciosa, e caminhou ao lado dele. Adiante, tomou-o da mão e o olhou, consternada.

– Por favor, não vai embora assim.

– Tem graça – começou ele, com a voz trêmula. – Se não estavas gostando... Que te beijasse, sim, aquilo não, aquilo *não devias*, não é? Que te beijasse, sim, era permitido. Mas aquilo não... Te manchava mais do que um beijo se te sentasses no meu colo?

Eglé o olhava, aflita.

– Responde: ficarias desonrada por isso?

– Não...

– Então! O que me dá raiva é esse calculismo.
– Oh!
– Sim, o cálculo, o dogma de vocês! Depois de uma hora de carinho, quando sinto necessidade de ter minha namorada ainda mais perto de mim, ela se lembra do que aprendeu: as mulheres não devem deixar que isso aconteça. E logo comigo, que te quero tanto!
– Não, te juro...
– Se me amas e acreditas que te amo, por que não deixaste? É isso que me deixa indignado: que tenhas resistido não porque não quisesses, mas porque aprendeste que *não deves* fazer isso.

Chegavam à casa e Rohán parou.
– É impossível que eu vá embora desse jeito, vamos caminhar um pouco.

Caminhavam separados, mudos. De repente, Eglé disse, falando baixo e devagar:
– O que posso te garantir é que poucas namoradas fariam o que faço...

Rohán não respondeu em seguida, magoado com aquilo que entendeu como uma fingida inocência de Eglé.
– Na tua opinião – perguntou, por fim, com amargura –, os namorados não beijam as namoradas?
– Não me referia a isso – disse Eglé, olhando-o com triste firmeza. – O que eu quis dizer é que poucas namoradas suportariam o que estás dizendo.

Rohán encolheu os ombros. Continuava com raiva e também com medo de falar, de dizer algo de que viesse a arrepender-se.

Até então tinham andado sem cessar ao redor de um canteiro. Pouco a pouco o costume os fez ampliar o raio e assim chegaram perto do banco. Rohán, que ia à esquerda de Eglé, desviou-se, passando à frente dela para tomar outro caminho. Eglé entreparou, olhando-o. Mas ele não a olhou. Então ela o deteve.

— Olha — disse, com súbita e angustiada decisão —, há dois anos tive um namorado. Pela resistência que fiz é que ainda sou digna de ti.

A primeira impressão de Rohán foi desastrosa: ela nunca havia dito que tivera um namorado. Quase ao mesmo tempo, pôde avaliar a nobreza da pobre criança ao fazer aquela confissão.

— Muito bem... Te agradeço muito o que acabas de dizer. Mas eu te juro que, se algum dia tivesses feito o que eu queria que fizesses hoje, sempre serias tão digna de mim e de ti mesma como agora — e abraçando-a com terníssimo respeito: — Tudo bem, meu amor, tudo bem.

Eglé se encostou nele, com tremores no corpo todo, e logo ele sentiu no pescoço uma gotinha quente.

— Não, minha alma, não...

Ela o abraçou mais forte, contendo os soluços.

— Eu te amo tanto...

— Mas eu também te amo, querida. Está tudo bem...

— Estou tão contente por ter te dito aquilo...

Continuaram caminhando, abraçados pela cintura, fazendo de apertados beijos o consolo daquele amor sofrido. Pouco a pouco, no entanto, as carícias de Rohán foram escasseando, ao mesmo tempo em que sua expressão se modificava. Eglé percebeu. Parando na frente dele, olhou-o, suplicante. Rohán, imóvel, suportou friamente o exame. Logo deixou de abraçá-la e seguiu andando.

— O que mais me dói é que tenhas precisado te lembrar de outro para te defender de mim.

— Ai, não — Eglé parou, afastando-se dele.

Rohán a abraçou rapidamente.

— Não, não, não quis dizer isso, não sei o que estou dizendo... Me perdoa!

Eglé o beijou com paixão, repetindo uma vez mais, com sentida evidência, como se dissesse aquilo para si mesma:

– Eu te amo tanto...

Ainda caminhavam. Mas o tormento de Rohán não terminara. Pensava e repensava no que dissera Eglé. Mal acabara de falar, dera-se conta de que a ofendera. "Mas não falei de graça", teimava em pensar. Achou, por fim, que via tudo mais claramente.

– Vamos voltar ao assunto. Eu estava perturbado e não me expressei direito. Por que me disseste há pouco que tiveste outro namorado?

Eglé, mergulhando outra vez em sua tristeza, não respondeu em seguida. Inerte, olhava-o. Rohán insistiu:

– Por que me lembraste da resistência de antes, logo depois que eu quis fazer aquilo?

Sem dúvida, esta, e não outra, era a questão. Eglé, cheia de angústia por causa da insatisfação de Rohán, apoiara-se numa desagradável recordação para que o namorado se compenetrasse do perigo que corria com ele, amando-o como o amava.

Eglé também interpretou assim o pensamento de Rohán, apesar da dureza com que o havia expressado, e ambos ficaram se olhando, um querendo ler no olhar do outro aqueles pensamentos iguais.

– Me diz – abraçou-a rispidamente –, me diz com toda a franqueza: me amas muito, muito mesmo?

– Oh, não imaginas quanto.

– Me amas a mim, só a mim?

Eglé afastou-se do peito dele, olhou-o, e tornou a encostar o rosto sem dizer palavra.

– Só a mim? – ele repetiu.

– Sim, sim, nem podes calcular quanto te amo.

Dali em diante, pelo resto da noite, a paz não se interrompeu.

XXI

No trem, Rohán evocou um a um os incidentes da noite. Estava satisfeito com Eglé. Lembrava sua expressão de sofrimento e aquela decisão de falar do outro namorado, apesar de tudo o que ele, Rohán, pudesse pensar.

E de repente, com a instantaneidade do raio, viu o outro no mesmo banco do jardim, tentando fazer a mesma coisa com ela. Ah, era esse, afinal, o motivo que a levara a falar? O sofrimento de Eglé teria sido provocado, então, por essa coincidência... o mesmo rugido masculino... o mesmo banco...

Como se, num momento de distração, alguém o empurrasse fortemente pelas costas, teve a sensação de que seu coração parava. Com uma nitidez terrível viu Eglé resistindo e o outro querendo agarrá-la: "Vem, vem". A cena pairava à frente de seus olhos, alucinante. Não via nada do outro, nenhum traço, mas sentia em seu próprio corpo o outro ardendo de desejo, acariciando... bolinando Eglé! Possuía-o um ódio brutal, tão impulsivo e animalesco que, fixando o olhar, sem querer, num passageiro de roupa escura que estava de costas, teve a certeza de que o mataria sem apelação se soubesse que era o outro. Via Eglé beijando-o como agora o beijava, olhando-o como o olhava agora, e aquele sorriso dela de lábios fechados...

Respirou profundamente, tentando recompor-se, pois sentia um violento empuxo interior, como se seu sangue fosse jorrar para fora. Mas o banco do jardim voltava... Não via a si mesmo ao lado de Eglé, via o outro. E revivia aquelas cenas de maior intimidade com a namorada, com o outro em seu lugar. Inventariava as mais íntimas lembranças – ínfimos detalhes, às vezes – que comprovavam o amor de Eglé e, naquelas situações, via o outro com ela, e Eglé dizendo as mesmas coisas que agora lhe dizia...

Percebia que estava escorregando num abismo de loucura, mas não conseguia e tampouco queria dominar-se.

Ela tivera de resistir! Ela sabia o que isso queria dizer. Ele sabia o que era atacar: a violência devastadora que há num namorado. E o outro, certamente, tinha desejado que Eglé sentasse... Eglé! Maldição!

O desabafo de Eglé o exasperava: tivera de resistir. Isso supunha, claro, beijos concedidos. Rohán respirava outra vez, com a sensação de que explodiria se continuasse a pensar naquelas coisas. A garganta doía, ressequida. Ele mesmo sentia o calor que se irradiava de seu corpo, e tinha o rosto febril. A cada cena imaginada suspendia a respiração, até recobrá-la em convulsão no limite do insuportável.

Por fim, chegou a Constitución e tomou o bonde, momentaneamente aplacado. Sentado, imóvel, tornou a pensar. Dominava-o, nessa tortura, o ódio ao outro, aquela impetuosa ânsia de destroçar o homem que um dia tocou em nossa mulher. E, mais friamente, só nesses momentos, e não em outros, a certeza de que mataria sua mulher no dia em que ela lhe desse um motivo real de ciúmes.

Mas já começava a apaziguar-se. "O que amargura", dizia-se, "não é a existência de um antigo namorado ou saber que ele tentou fazer o que fazemos todos, mas o fato de que não me contou quando devia, logo no começo. Eu não diria nada se ela tivesse agido assim. Mas não. Só por mero acaso, e muito tardiamente, ocorreu-lhe confessar, e isso na forma mais inadequada para um homem, magoando-o e provocando suas fantasias".

Subitamente, lembrou o rosto de Eglé, desesperada por causa das coisas que ele dizia: "Olha, há dois anos tive um namorado. Pela resistência que fiz..."

Rohán saboreou em toda a sua candura a nobre preocupação de Eglé, que mostrava naquelas palavras seu modo inteiro de ser.

Uma refrescante carícia acalmou seus nervos doloridos. Compreendeu a dimensão do amor honesto e de fé em sua inteligência que a confissão supunha, depois do que ele tinha tentado fazer. E uma nova carícia, agora de felicidade reconquistada, suavizou sua alma. "Ela vale muito mais do que eu pensava", disse consigo, "nenhuma mulher de falsos beijos e hipocrisias amorosas seria capaz dessa sinceridade".

Mas uma só palavra o precipitou novamente no abismo. Ela havia "resistido". Evidente que isso queria dizer bolina insistente do outro, cada vez mais ousadas...

A intensidade da lembrança foi tamanha, e tal o ódio retratado em seu rosto, que um cidadão sentado ali perto, no qual Rohán cravara os olhos sem dar-se conta disso, olhou-o com maus modos.

No entanto, outra vez se acalmou. A experiência lhe provara, dolorosamente, o valor de sua namorada, que com aquele soluço de sinceridade lhe assegurava uma paz duradoura no futuro.

Em casa, quando estava a ponto de dormir, cheio de felicidade, viu de repente o outro, vestido de preto, em seu lugar. Quis expulsar a alucinação, não conseguiu. Era o outro que Eglé beijava. Era o outro que ela fitava com os olhos semicerrados. E em sua vigília retornaram, agudas, abrasadoras, as mil torturas daquela noite horrível.

XXII

Quando, três dias depois, Rohán foi a Lomas, abraçou Eglé demoradamente, sem nada dizer, como se naqueles três séculos de horror tivesse perdido a noção da real existência dela.

Naqueles três dias, seu único consolo fora pensar que, estando com ela, sentindo-a sua, esqueceria tudo. E agora estava ali no banco, ela era dele, toda dele, unicamente dele, mas ao sentir a mão de Eglé em sua cabeça, viu nitidamente o outro em seu lugar.

Afastou-se dela e pôs-se a caminhar. Sentiu, mais do que viu, a desolação da namorada, e viu de novo o outro caminhando, um dia, como agora ele caminhava, e viu Eglé, a mesma Eglé querendo acalmá-lo, como fazia com ele agora...

– O que tens? – gemeu Eglé.

Sim, exatamente aquilo ela dissera ao outro!

– Me deixa! – gritou. – Não vês que estou ficando louco?

E de fato temia enlouquecer se o pesadelo persistisse. Tudo: a sala, a dor, o silêncio agravado pelo tênue sibilo do gás, a situação toda já fora vivida por alguém...

Deixou-se cair ao lado dela, com os cotovelos nos joelhos, e cobriu o rosto com as mãos. A mesma coisa tinha feito o outro...

Eglé passou-lhe o braço em volta do pescoço.

– Não, por favor – gritou de novo, levantando-se. – Não diz nada, não faz nada!

Com um esforço tremendo pôde deter-se à beira do abismo, e escondeu o rosto, exausto, no peito da namorada.

– Mas me diz! O que tens? – Eglé gemia de novo.

– Eu não me vejo...

– Como? Não te vês?

– Eu não me vejo ao teu lado, vejo o outro...

Ela o abraçou com amor e compaixão.

– Ah, se me conhecesses melhor... compreenderias como aquilo foi diferente de nós, diferente do amor que tenho por ti... Eu era muito menina... Papai fazia gosto...

– Não, não diz nada, não quero saber... Não me importo que tenhas gostado dele. O que não quero é que ele tenha te tocado.

Eglé, sem responder, forçou-o a erguer a cabeça, estendeu-lhe os braços e lhe ofereceu a boca, com uma ânsia tal que Rohán lembrou o primeiro cheiro de terra molhada depois do calor asfixiante que precede as tempestades.

E ela:

— Não podes calcular, não podes nem imaginar quanto te quero...

E ele:

— E tu não podes nem imaginar quanto preciso que me queiras...

Em nenhuma outra ocasião Rohán fizera tal confissão, e era uma expressão tão sincera de sua alma atormentada que os olhos de Eglé também se nublaram de lágrimas.

— E pensar — refletiu Rohán, em voz alta — que precisei de todo esse inferno para descobrir como te amo...

XXIII

No dia seguinte Rohán levantou-se tranqüilo. Ao dizer a Eglé, na noite anterior, que precisara daquele horror para descobrir como a queria, manifestara tal sentimento com absoluta sinceridade. Suas torturas tinham se caracterizado, como é natural, por súbitos saltos de amor e ódio, com a rapidez e a falta de transição familiares às pessoas que visitaram, ainda que por um instante, o inferno do ciúme. Tinha comprovado, ao preço dessas torturas, que amava Eglé muito mais do que pensava. "Como não me dei conta antes de que a amava tanto? E dizer que sugeri que fosse dançar com os outros..."

Como depois de um pesadelo que recapitulamos para melhor reconhecer a felicidade do que é real, Rohán teimava em apelar à memória. Recordou então aquela ocasião em que, perguntando à namorada, por curiosidade, se alguma vez amara, ela respondera: "Cheguei a pensar que sim. Mas agora, te querendo como te quero, vejo que nunca tinha amado antes".

Rohán gelou. O outro, sem dúvida. Por que, naquele exato momento, Eglé não falara do antigo namorado?

O veneno já circulava. Evocou num segundo todas as certezas da honradez de Eglé, adquiridas após dias e dias de martírio, e nenhuma resistiu a esta pergunta: "Por que me escondeu que teve um namorado?" A primeira forma dessa pergunta, "por que não me disse?", não chegava a mordê-lo. Mas a segunda, "por que me escondeu?", aguçava os caninos de seu ciúme.

Retomou o ciclo das dúvidas, compreendendo que, por muito tempo, não recuperaria a confiança em Eglé, logo ele, que nem sonhara em perguntar o que ela tinha feito durante os oito anos de sua ausência, por acreditar que seria incapaz de enganá-lo...

Por que motivo ela escondera aquilo?

O ciúme nos arrasta às possibilidades mínimas, aos raciocínios de exceção – um olhar distraído de nossa mulher para o indivíduo do camarote vizinho basta para nos fazer duvidar brutalmente de dez anos de amor e quatro filhos. Rohán encontrava agora, nos menores detalhes de suas visitas, provas de constante preocupação de Eglé e de toda a família, no sentido de que ele não ficasse a par daquilo. Mas... por quê? Que espécie de coisas tinham ocorrido para precisar daquele acobertamento?

Sua inteligência o advertia de que não era esse o modo de raciocinar, mas seu amor hiperestesiado, pervertido pelo ciúme, pedia aos gritos que continuasse a pensar assim.

Seu melhor juízo afirmava: "Eglé nada me disse, a princípio, unicamente para preservar a sedução nos jogos do amor: não ter amado nunca é um encanto a mais. Depois não teve coragem, por causa do desgosto que me causaria. Como exigir uma despojada sinceridade da alma feminina?"

Mas a perversão dedutiva torcia a tal ponto palavras soltas, silêncios, que ele se enlameava nas mais abomináveis suposições acerca de Eglé, de Mercedes, da mãe, até conseguir sofrear, num suspiro fundo, essa vertigem de lodo.

Em seus momentos de maior ódio a Eglé acreditava encontrar uma agravante ao lembrar da irmã. A recordação de Mercedes, que em outras ocasiões sempre o excitara, agora o desgostava. Mais, dava-lhe asco. No entanto, aquela rejeição só servia para confirmar que amava Eglé muito mais do que supunha.

Foi a Lomas com esse estado de espírito.

Como em outros dias, a namorada, ao ver seus olhos, não teve dúvida de que outra noite de sofrimento a esperava. Rohán, tenso, fez-lhe apenas um carinho no pescoço.

– Preciso falar contigo. Aqui mesmo. Por que não me contaste que tiveste um namorado?

Eglé, assustada:

– Eu falei na outra noite...

– Não falaste nada.

– Eu... eu sempre quis te dizer, desde o primeiro dia... Depois não tive coragem...

– Muito bem. Por que não tiveste coragem?

Acentuou tanto a atormentada dúvida que Eglé ergueu a cabeça e o olhou, cheia de aflição. Estendeu o braço, buscando o banco, e deixou-se cair com o rosto entre as mãos.

– Isso não é resposta – ele tornou. – Quero que me digas apenas uma coisa: por que não tiveste coragem?

– Não, por favor – suplicou Eglé, voltando-se para o outro lado.

Mas Rohán trazia na bagagem três dias de peçonhenta amargura, e cada nobre evasiva de Eglé era uma inoculação de veneno na ferida aberta.

– Isso não é resposta! Não é mesmo! Que diabo! Quando alguém compra uma coisa, tem todo o direito de saber se foi usada ou não!

– Oh! – e ela ocultou o rosto entre o abraço e o encosto do banco.

Rohán, subitamente, deu-se conta de sua brutalidade, e começou a andar de um lado para outro, destilando seu ódio. "Magoei-a profundamente", pensou. "Se ela foi usada..." E ao perceber nitidamente que era a ela, sua Eglé pura e adorada, que estava insultando assim, lançou-se aos seus pés.

– Eglé... meu amor... perdão... me perdoa...

Ao atraí-la, tocou nos seios dela, e esse contato fez reviver a pureza de sua ternura.

– Minha vida... perdão... minha Eglé...

Eglé assentiu, por fim, mantendo os olhos fechados. Tremia, com calafrios constantes. Rohán ergueu o rosto dela e a beijou com arrebatada, profunda, grave paixão. Eglé mal continha os soluços. E o pensamento de que essas lágrimas eram provocadas por ele – um miserável – lhe apertava a garganta num nó de desvairada compaixão. Tanto fez e disse que Eglé, afinal, sorriu.

– Tomara que não aconteça outra vez.

– Não, jamais! Te fazer sofrer desse jeito...

E em mútua adoração através dos olhos úmidos entregaram-se a uma felicidade de cabeças recostadas. No entanto, Eglé havia sofrido demais para não se mostrar cansada pelo resto da noite.

XXIV

Naquele dia Rohán saiu às quatro do Ministério. Sorria só de pensar na alegria de Eglé quando o visse chegar assim, cheio de amor e de santa paz, ela que vivia pensando, nervosa, na espécie de olhar com que ele chegaria.

Encontrou-a inquieta. Mais, notou que estava diferente: a boca sem graça, o lábio superior amarelado, as pestanas desigualmente agrupadas.

– Meu amor! Estiveste chorando?

Com um débil, cansado sorriso, ela encostou-se nele.

– Esta tarde... Tinha medo de que chegasses mal... Nunca mais, não é?

– Não, nunca mais. Acabou-se.

– Faz uns minutos eu pensava: jamais poderemos ser felizes, hoje ele vai chegar como no outro dia ou pior ainda – e abraçou-se nele. – Se visses o que sofro depois que vais embora... Nunca mais, não é? Não poderíamos viver assim.

– Nós seremos felizes, muito felizes.

Subiram à sala e Eglé tocou piano. Ouvindo-a, Rohán pensou que suas esperanças reconquistadas significavam, seguramente, que seria feliz no casamento.

Depois de comer, voltaram ao jardim. As horas passavam, repetindo-se as mesmas coisas que, para sua alegria, traziam sempre inesperadas novidades.

Desde o incidente do banco, os leões de Rohán não tinham rugido: ele temia encontrar naquele banco os ecos de outro tempo, e a cicatrização de suas feridas era demasiado recente para reabri-las com o rugido rival. Mas naquela noite, depois de cinco horas de namoro, as feras rebentaram as correntes. Com um tremendo esforço, afastou a boca, retirou os braços, mas, sem querer, num desafogo de crispado carinho, fez com que Eglé desse uma volta sobre si mesma. Ato contínuo, atraiu-a novamente para si. Ao fazê-lo, pensou ver nos olhos da namorada um véu de tristeza, como ante uma situação que não queremos lembrar e que se repete.

Rohán, de súbito, entreviu o outro no olhar de Eglé. O outro também tinha feito aquilo! Ficou imóvel, mas Eglé já havia percebido a mudança e tentava abraçá-lo. Rohán a reteve.

– Sabes o que é curioso? A menor carícia minha tem o belo dom de te fazer lembrar do outro.

– Oh, não, te juro que não! – e sempre querendo abraçá-lo, consternada.

– Seja o que for, que bonita situação para um namorado...

Ela ainda tentava abraçá-lo.

– Não – disse Rohán, afastando as mãos dela. – Basta por hoje.

O tormento infernal tinha voltado e ele compreendeu que era impossível permanecer ali.

– Vou embora. Queres trazer o meu chapéu? Diz à tua mãe e à tua irmã que precisei voltar mais cedo.

Caminharam até o gradil sem falar, e Eglé retribuiu seu beijo rápido como se estivesse morta.

XXV

Tão-só na tarde seguinte Rohán se tranqüilizou e tomou consciência da gravidade de seu procedimento. Cada noite de visita tinha sido uma renovada aflição para Eglé. E o que era mais espantoso: tornara a honra de sua namorada objeto das mais vis suspeitas e a forçara a compartilhar tudo o que era possível pensar de uma mulher quando se tem ciúmes.

Chegava a reação. O maldito pesadelo de ver Eglé com outro, depois de analisado mil vezes em sua essência, perdia sua cega faculdade de atormentar. Na noite anterior tinha voltado, sim, mas agora, sentindo-se tão bem, considerava impossível uma recaída. Dominava-o, sobretudo, um grande desejo de ser perdoado por Eglé.

De repente lembrou-se, como de algo remoto, das sondas e dos poços artesianos. "Minhas pobres brocas", murmurou, sorrindo.

E pensou nos belos trabalhos que haveria de fazer um dia, com Eglé ao seu lado, mas não como antes, quando a conhecia pouco mais do que socialmente, mas como agora, conhecendo-a como a conhecia, depois de uma dura prova.

Retirou-se muito cedo do Ministério e voou para Constitución, tomando o trem das 15h44. Como era muito cedo e Eglé não o esperava, desembarcou em Banfield e seguiu para Lomas a pé, sem pressa e feliz. E ao figurar Eglé vindo ao seu encontro – o olhar, como sempre, cheio de angústia e medo –, sua certeza de paz final se liquefez numa ternura extrema.

Eglé terminava de vestir-se quando ele chegou. Teve de esperar cinco longos minutos, talvez um pouco frustrado por não tê-la visto sair para encontrá-lo. Por fim, ela apareceu, e Rohán, que tinha dado um passo em sua direção, deteve-se.

– Que há contigo?
– Nada – ela respondeu.

A voz era clara, mas o tom era neutro.

Rohán a olhou fixamente e teve a desolada intuição de que tudo estava terminado. Sentou-se. Como Eglé continuou de pé, ele se levantou.

– Que há contigo?
– Nada.

Rohán se aproximou.

– Queres terminar?

Ela não respondeu.

– Podias ter dito antes – ele murmurou, voltando-se para pegar o chapéu.

– Acho que não seríamos felizes... – disse Eglé, com a voz embargada. – É melhor... terminar...

– Como quiseres... Mas juro que te amei como nunca imaginaste.

Te amei... O rompimento, então, estava consumado. Eglé deixou-se cair no tamborete, como desfalecendo.

– Não... é melhor terminar...

Rohán saiu sem ter visto a mãe e Mercedes, que espiavam a cena. Olhou aquelas plantas conhecidas, a mangueira abandonada na grama, o banco... Acabou-se... Acabou-se... Nunca mais! Nunca mais Eglé o olharia como antes! Nunca mais diria: *minha* Eglé! Nunca, nunca mais teria o dom de vê-la sofrer por causa de um único gesto seu! E hoje, no entanto, como a amava! Hoje, logo hoje, que estava disposto a adorá-la para sempre... hoje a perdera!

Te perdi, minha alma, Eglé minha, murmurava, banhado em lágrimas. Imaginou Eglé escondendo o rosto nos braços, sobre o piano, desesperando-se com aqueles três meses de sonhos que se despedaçavam. Ela também jamais voltaria a ouvi-lo dizer "minha Eglé, minha vida..."

Teve um louco desejo de voltar. Eglé o amava, apesar de tudo. E quanto mais compreendia, mais comparava sua desolação com a felicidade que poderia estar fruindo. Chegou a parar numa esquina, hesitante. Mas se conteve e seguiu para a estação.

"Meu destino de sempre", disse consigo, amargamente, "me dar conta do valor do que tive só depois de tê-lo perdido..."

Embarcou, já senhor de si. Nunca mais voltaria. Ao partir o trem, contemplou pela última vez as latadas nos alpendres, os pinheiros, os gradis, como olhamos, ao empreender uma grande viagem, as casas em que jamais nos fixamos, cientes, no entanto, de que estarão ligadas para sempre ao lugar onde amamos e sofremos durante longos anos.

***

Rohán esfregou os olhos, que ardiam, e abriu a janela. Deixavam Victoria e em poucos minutos chegariam a San Fernando. Tinha recorrido suas lembranças com tal intensidade que ainda se sentia um pouco aflito. Cinco anos! E era como se fossem cem!

Iria vê-la. Também se deu conta de que não pensara uma única vez em que iria ver Eglé Elizalde, ou simplesmente Eglé, mas que iria *vê-la*. Questão de costume, pensou. Mas, costume ou não, sentia no estômago aquele vazio característico provocado pela emoção da espera.

Deu seu nome à empregada. Como ela não compreendeu seu sobrenome, entregou-lhe um cartão. Uma porta se abriu dentro de casa.

– Quem é? – perguntou uma voz, impaciente.

"Mercedes", pensou Rohán, "só queria ver a cara que ela está fazendo..."

Um momento depois a criada o fez entrar.

A sala estava fria, deserta, e cheirava a madeira envernizada. Era bonita, mas com uma limpeza e uma ordem excessivas, como sala cara de gente apenas remediada que a mantém fechada para que melhor se conserve. À exceção da cristaleira e de dois ou três quadros de Mercedes, tudo o mais era estranho a Rohán.

Ao cabo de um quarto de hora a porta se abriu e Mercedes avançou, visivelmente incerta quanto ao modo de receber seu ex-amigo. Mas, ao ver o sorriso de Rohán, estendeu as duas mãos.

– Que prazer nos dá! Quanto tempo!

– É verdade. Algumas vezes pensei em vir, mas sempre há uma coisa ou outra... Além disso, eu supunha, como ainda suponho agora, que minha visita não...

– Ora, Rohán, de modo algum. Por quê? Nunca mais nos vimos, não é?

– Nunca. Quer dizer, ontem vi vocês, tu e Eglé.

– Sim? Não te vimos.

A porta tornou a abrir-se e entrou a mãe. Rohán notou seu ar lento e grave e compreendeu que ela esperava que lhe desse os pêsames pela perda irreparável que sofrera. Assim o fez Rohán, e a senhora suspirou.

– Enfim... Mas que grata surpresa, Rohán!

– O prazer é meu, senhora. Recém dizia a Mercedes que receava...

– Oh, não, nunca houve o que recear. Bem sabes o carinho com que sempre te recebemos em nossa casa. Sempre lamentamos, eu e Elizalde – e seus olhos se desviaram por um momento –, por não teres voltado a nos visitar, depois do rompimento com Eglé.

– Saiba que também lamentei muito... O fato é que fui embora para o campo. E antes, bem, eu ainda estava um pouco sensível.

A mãe sorriu e sacudiu a cabeça.

– Crianças! – e acrescentou, séria. – Soubemos, não me lembro por quem, que teu pai faleceu.

– Sim, senhora, faz cinco anos.

– E moras lá, não é? Isso nós sabíamos – e disse mais, com uma simplicidade curiosa: – Vocês ficaram numa boa posição?

– Sim, sou filho único... Eu poderia ter o gosto de ver Eglé?

– Imagina, Rohán! Mercedes, vai ver o que tua irmã está fazendo – e voltando-se um pouco para Rohán, ainda que continuasse falando com a filha: – Diz a ela que assim como está, está bem. Que não se arrume tanto!

Rohán sorriu, um instante depois entrava Eglé. Ao contrário do que esperava, sentiu, ao vê-la, apenas uma grande curiosidade. Já havia gasto toda a emoção ao revivê-la uma hora antes. Eglé o cumprimentou com naturalidade.

– Como vais? – um disse ao outro, e sentaram-se, sorrindo ambos.

– Estás igual – disse Eglé, após examiná-lo atentamente. – Não mudaste nada.

Eglé tampouco havia mudado. Mas seus cinco anos podiam ser reconhecidos nos traços mais definidos e, sobretudo, na segurança do olhar.

– Fazia tempo que não o vias? – perguntou a mãe a Eglé.

– Sim, muito tempo.

Olharam-se de novo, de novo sorriram.

– Não sabia que vocês estavam morando em San Fernando.

– Faz oito meses. Nos mudamos pouco depois que papai faleceu.

Durante meia hora a conversa prosseguiu muito cordial.

– Mercedes! Uma xícara de café, Rohán? – convidou a mãe. E rindo: – E teu estômago?

– Não sinto mais nada. Sim, café.

Mercedes saiu e pouco depois a mãe se levantou.

– Dá licença, Rohán? Desconfio muito da habilidade da minha filha...

Ficaram a sós. Rohán quebrou o breve silêncio:

– Quem diria, não? Depois de cinco anos...

– Pois é. Eu achava que nunca mais nos veríamos.

Era perigoso jogar com pretéritos. *Eu achava*. Isso era antes, quando ele ia a Lomas...

Outra vez estava diante dela, a *sua Eglé*... O possessivo trouxe-lhe novamente à lembrança a tarde final em que, agoniado, deixara a quinta, amargando a boca com aquele mesmo *sua Eglé* que já nunca mais poderia repetir. Recordou tão vivamente sua dor de outrora que a tranquilidade atual lançou de seu peito um suspiro de afetuoso desafogo:

– Meu Deus, quanto eu te quis!

Eglé o olhou de lado, devolvendo o sorriso.

– Não foi só tu, me parece.

Ela olhava agora em outra direção e Rohán a observou rápida e atentamente. Era ela, sem dúvida. A mesma boca, as mesmas sobrancelhas que se erguiam num terno interesse, o mesmo seio firme... Mas o olhar... o olhar era outro. Não mudara em essência, mas revelava que os cinco anos de experiência não haviam passado impunemente.

"Sabe muito mais coisas do que antes", pensou Rohán.

E ela:

– Foste em seguida para o campo, não é?

– Sim, pouco depois, quando deixei o Ministério – e uma súbita recordação o fez exclamar jovialmente: – Te lembras dos poços artesianos?

Eglé riu.

– Sim, me lembro. Esta manhã, casualmente, também me lembrei de outra coisa.

– Sim?

– Me lembrei de uma coisa que me disseste na rua, quando eu era pequena.

– Ah, já tínhamos começado, não é? Faz 13 anos.

Mas o café chegava e, pouco depois, Rohán ficava só com a mãe.

– O que achaste da Eglé?

– É a mesma. Não mudou.

A mãe, agora, parecia abatida.

– Não calculas quanto Eglé gostava de ti – disse, com gravidade.

Rohán pensou: "O mesmo eu disse a ela, quando chegou à conclusão de que eu era uma pessoa complicada".

A senhora insistia:

– Acho mesmo que Eglé nunca mais vai gostar de alguém como gostou de ti.

– Bem, não fui eu que terminei.

A mãe sacudiu a cabeça, com afetuosa lástima:

– Ora, Rohán, dizer isso na tua idade... Eram coisas de Eglé! Que juízo podias esperar de uma menina de 17 anos?

Esperou a resposta em vão.

– Me diz uma coisa, Rohán. Aquele namoro, se fosse hoje... acho que vocês seriam muito felizes!

– Pode ser – sorriu Rohán, com amargura. – Mas já se passaram cinco anos...

Pela terceira vez a mãe ergueu para ele seus olhos de compassiva e protetora sabedoria.

– Crianças!

– E estas iniciais? – perguntou Rohán, que acabara de ver quatro letras, A.M. e E.E., gravadas no caracol de montanha com que ele brincava, distraído.

– São de Eglé, de Córdoba – explicou a mãe, com negligente sorriso. – Uma lembrança... Nem sei como veio parar aqui... Foram namorados, mas tenho certeza de que Eglé nunca o amou.

Aquilo que a mãe nem lembrava em sua esperta conversa tinha custado a Rohán muitas alucinações de bancos e jardins, tentando esquecer-se de que não era ele o primeiro amor.

As duas irmãs voltaram, Rohán se despediu.

– Que essa visita não seja única – disse a mãe com solene afeto, tomando-lhe as duas mãos. – Jura que virás com freqüência! Nem sabes quantas vezes nos lembramos de ti! Promete? Conheces bem o caminho? Eglé, acompanha Rohán até a esquina.

Rohán prometeu voltar, mas tinha certeza de que não o faria. Na estação, embarcou com um frio mortal na alma. Não havia dúvida: sua fortuna agora atraía imensamente a mãe, e Eglé, com 22 anos, não queria ficar solteira. Lembrou-se de sua Eglé de antes, tão jovem, e sua sinceridade essencial, fortalecida pelo amor, que teria feito dela uma admirável mulher. Agora era tarde. Ele, por sua vez, tinha 33 anos, e estava absolutamente tranqüilo de espírito, trabalhando em paz.

Entardecia. Inquieto, lembrou as duas horas passadas, página final de uma história cuja amargura não queria por nada voltar a viver. E enquanto via pela janela, no crepúsculo frio, as flores geladas dos cardos que se despetalavam, voando à passagem do trem, recordou uma velha balada:

Quando a terra adoeceu, o céu ficou gris e os bosques se deterioraram com as chuvas, o homem morto voltou, numa tarde de outono, para rever o que tinha amado.

Não, não... Comprara por um preço muito alto sua felicidade atual para desejar perdê-la.

Acomodou-se melhor no banco e suspirou de satisfação, pensando que em dois dias estaria na estância.

PASSADO AMOR

I

Naquele meio-dia de maio, o que menos esperavam Aureliana e suas filhas era ver no portão o *break* que vinha do porto e dele descer o patrão Morán. As meninas corriam de um lado para outro, gritando todas a mesma coisa para a mãe, que por sua vez estava aturdida. Quando se lembraram de correr ao portão, Morán já havia entrado e sorria para elas o sorriso franco e aberto que era seu atrativo maior.

– O patrão... que bom... – não parava de repetir Aureliana, com timidez e carinho.

– Pensei em te escrever, avisando que chegaria a qualquer hora – disse Morán –, mas até o último instante não tinha certeza se viria. Como vão as coisas por aqui? Alguma novidade?

– Nenhuma, senhor. Mas as formigas...

– Ah, sim, as formigas, depois falaremos sobre elas. Por enquanto, prepara a água do banho. E não preciso de mais nada.

– Mas... não vai comer, senhor? Ai, não temos nada, mas Ester pode ir correndo no bolicho.

– Não, obrigado. Um café, talvez.

– Não temos café...

– Um mate, então. Mas não te preocupa, Aureliana.

Com um breve assobio para uma das meninas, assobio cuja rudeza era compensada pelo afeto do olhar, Morán indicou a maleta que deixara no portão. E esperou que Aureliana trouxesse as chaves do chalé.

Fazia dois anos que não vinha. Na chegada, de uma curva ascendente do caminho, vira a casinha de pedras queimadas, a oficina, o vermelho vivo da areia, e não gostara do que vira. Agora, de costas para a porta descascada por dois anos de sol, a impressão inicial se confirmava: uma solidão opressora sob o silêncio daquele grande céu impiedoso. O meio-dia em Misiones verte tanta luz sobre a paisagem que ela não chega a exibir cores definidas.

Aureliana trouxe as chaves.

– Tens aberto as portas de vez em quando?

– Sim, senhor, todos os meses. E sempre tiramos a roupa para fora, recolhendo antes do sereno. O que nos incomodou mesmo foram as goteiras. São três ou quatro, não sei se o senhor se lembra...

– Sim, me lembro.

Largou a maleta e, entrando em casa, abriu as janelas. O sol inundou tão bruscamente as peças que, dir-se-ia, a solidão da mobília, surpreendida, ainda pôde esconder alguma coisa, oferecendo agora um aspecto muito diferente daquele de um momento antes.

Morán deu uma olhada em tudo, com uma expressão impassível. À porta, com o chaveiro na mão, Aureliana fazia sinais às crianças para que ficassem quietas. Mas como o patrão disse que nem o mate ia querer, ela se retirou, seguida pelo tropel de meninas descalças.

II

Morán queria trocar de roupa e também queria ficar só. Misiones! Tinha ido embora pensando em não retornar por muitos anos. Mas, com tão-só dois transcorridos, estava de volta, sem que ninguém – nem ele mesmo – esperasse.

Seu olhar vagava ainda pela casa. Era a mesma casa, naturalmente. E o que se escondera em algum canto, no instante em que abrira as janelas, tinha sido, certamente, o espectro de sua felicidade.

Nos últimos dias do período em que vivera ali o quarto fora modificado, mas seus olhos, orientados e compelidos pela memória, viam a cama de casal no lugar onde agora reluzia um piso bem lavado. Embora nele não restasse marca alguma de seus passos, de olhos fechados conseguiria refazer, sem errar um milímetro, o trajeto que fazia cem vezes por noite durante a doença da esposa.

Não, não estava a reviver aquele martírio: não tinha sido em vão que o sofrimento batera sem piedade nas partes mais sensíveis de seu coração. O amor de Morán já pagara seu tributo ao tempo e nada lhe devia. O que a casa parecia ter guardado, para lançar ao seu redor quando deixasse entrar a luz, era a massa de recordações ligadas a cada porta, a cada prego na parede, a cada tábua do assoalho. E assomavam agora, num conjunto simultâneo e como fotográfico – não para amargurá-lo, apenas para lembrá-lo –, suas longas horas de dor.

*

Morán só conheceu a natureza aos 30 anos, mas, do mesmo modo que, diante de um quadro, alguém descobre sua vocação artística, ele descobriu sua tendência natural para a vida ao ar livre – livre dos obstáculos para os olhos, para os passos, para a consciência.

Rompeu sem esforço com a vida citadina e instalou-se em Misiones para cultivar erva-mate, menos por expectativa de lucro do que por necessidade de ação, reduzindo suas ambições de riqueza ao ganho necessário para ser livre e nada mais.

Durante a construção de sua casinha de pedra, passou uma temporada em Buenos Aires, de onde voltou casado. Morán não podia ter escolhido uma criaturinha mais adorável e, ao mesmo tempo, menos afeita à vida que ele levava e amava sobre todas as coisas. Seu casamento foi um idílio quase hipnótico, com amor, com paixão, mas, afora isso, nada havia em comum entre eles. E como o destino tem um calendário inexorável, cortou aquele idílio quando fazia exatamente um ano que havia começado.

Quando Lucila engravidou, Morán quis levá-la a Buenos Aires, ou ao menos a Posadas*. De que recursos podia dispor um lugar como Iviraromí, cujas parteiras indígenas só falavam guarani e, depois de 150 anos da expulsão dos jesuítas, ainda rezavam suas Ave-Marias em latim?

Lucila não quis: aquilo que seu marido enfrentava em sua vida rude de homem, ela também podia enfrentar com sua força de mulher. Morán se orgulhou da coragem dela, mas argumentou, suplicou, ela resistiu com um entusiasmo e uma fé de causar espanto. E o pior aconteceu. Depois de 15 dias de febre, letargia e pavorosas alucinações, abandonou a vida.

Morán ficou só, no meio de uma paisagem que parecia evocar sua mulher até nas últimas tramas do alambrado. E sua alma, então! Remorso, um sentimento de ter abusado dela, de tê-la obrigado a uma mudança criminosa de modo de vida, de ter imposto um martírio selvagem a uma menina de 18 anos, sob o pretexto do amor. Ali estavam as conseqüências.

Deixou a casa aos cuidados de Aureliana e subiu o Paraná até perto do Guayra**. O peso de sua consciência o seguiu sem tréguas, entre assobios e tiros de *winchester****.

Incapaz de suportar na solidão o abatimento que a região inóspita mantinha e aguçava, tomou o vapor de Buenos Aires, passando ao largo do rio por Iviraromí, com a alma apequenada e suja.

---

* Capital da província argentina de Misiones. (N.T.)
** Região do Salto das Sete Quedas, no Rio Paraná, ao norte do departamento paraguaio de Alto Paraná. (N.T.)
*** Rifle de repetição, com rápida freqüência de tiro, criado em 1866 por Oliver Winchester. A frase um tanto enigmática sugere que o personagem, para distrair-se, fez uma excursão cinegética. (N.T.)

Mas o tempo, que mitiga as dores, também leva consigo os dramas de consciência. Ao cabo de dois anos, em paz consigo mesmo, Morán estava regressando a Misiones.

III

Após o banho, Morán pediu a Aureliana as chaves da oficina. As meninas vieram correndo outra vez.

– O patrão... – repetia Aureliana.

O aspecto dele, agora, era mais familiar, ela reencontrava o patrão que bem conhecia, de camisa arremangada até os cotovelos e botas – um homem de cuja aparência se podia dizer que "não admitia réplicas". Nos seus primeiros tempos de serviçal da casa, Aureliana receava aquele ar, que não era de altivez, de orgulho, mas de uma impassível segurança. Era ele todo, semblante, postura, passos, a expressão acabada de um caráter forte. Brincava e ria como qualquer pessoa, mas, ainda que estivesse a rir, notava-se que o fazia por um motivo cabal, sem que o riso o fizesse perder um átomo sequer de sua personalidade. Seu rosto de queixo forte, com traços duros de efígie antiga, diariamente bem barbeado, acentuava a impressão de energia. A característica de sua fisionomia, no entanto, era o contraste entre a dureza da expressão e a suavidade do olhar. Quem o via sorrir pela primeira vez não deixava de se assombrar: podia se esperar qualquer coisa daquele homem física e espiritualmente recortado em aço, menos a doçura do olhar quando sorria. Isto – e se se pensasse em como seriam terríveis aqueles mesmos olhos, se dominados pela ira – explicava em grande parte a singular sedução que Morán exercia sobre os que viviam em sua órbita de influência.

Aureliana, naturalmente, sentira essa atração, e deixara-se arrastar por ela de olhos fechados. Para ela, até certas rudezas de Morán, às vezes excessivas, eram indispensáveis e justas.

Também a sentiam as meninas. Imóveis e mudas quando o encontravam ou o ouviam dizer alguma coisa, não afastavam os olhos dele, à espera do menor indício de uma brincadeira. E tão logo a gravidade daquele rosto se dissolvia num sorriso, elas se alegravam, felizes: aquele instante fugaz compensava a circunspecção habitual do patrão.

*

Na oficina, pela primeira vez desde que ultrapassara o portão, Morán sentiu-se em casa. Aquilo era seu, sem nenhuma mistura de afetos. Tudo o que havia ali dizia respeito a ele mesmo, e só a ele evocava. E sua alma, diante da mesa de carpinteiro, da bancada de mecânico, do forno, abria-se num sorriso parecido com o do rosto. Aquelas ferramentas, manchadas com seu suor, tinham esperado fielmente por ele e só por ele, enfileiradas em seus ganchos, prontas para começar de novo o trabalho.

Mas se os apetrechos de carpintaria estavam em seus lugares, o mesmo não se dava com as ferramentas, amontoadas num canto da bancada.

– Fui eu que botei ali, por causa das goteiras – explicou Aureliana.

– Mas não deixei umas latas para as goteiras?

– Deixou, sim, senhor, mas os ratões, durante a noite, estavam tirando as latas do lugar. É uma rataria sem fim. Então peguei as ferramentas e juntei ali.

Morán deu uma olhada no forro, cujos lambris, mais tarde revestidos de chapas vermelhas, traziam-lhe à lembrança não poucos aborrecimentos.

Com efeito, os ratos – ou ratões, como se diz em Misiones – tinham seu refúgio no espaço entre os dois forros. A guerra sem quartel declarada por Morán contra os ratos sempre terminara de encontro àquela trincheira lá no alto, com extensões entre suas amostras de serapilheira tingida, seus papéis e fios de amianto.

– Também falaremos sobre isso mais tarde – disse Morán. – Põe de novo as latas onde estavam, amanhã arrumo as ferramentas. Agora vou dar uma volta no mato.

– E o mate, senhor?

– Não, obrigado. Não estou com vontade. Manda trazer café do bolicho e torra. Na volta tomo uma xícara.

E com os óculos escuros que costumava usar nas horas de excessiva luz, desceu a encosta da meseta, costeando o bananal, e entrou no mato. Gozava nervosamente a delícia de outra vez sentir sua mão grudada no cabo do facão.

Caía o sol quando Morán deixou o mato, testa suada, óculos na mão. Durante três horas sentira-se feliz, como o animal cativo devolvido à sua toca que, depois de três horas de íntima fruição na obscuridade, levanta a cabeça para farejar a selva.

A natureza de Morán era tal que ele não sentia nada daquilo que uma separação de milhões de anos criou entre a selva e o homem. Não era um intruso, tampouco um espectador inteligente. Sentia-se como e era um elemento da própria natureza, sem idéias estranhas ao seu passo cauteloso no crepúsculo silvestre. Era um cinco-sentidos da selva, entre a penumbra indefinida, a umidade fraterna e o silêncio total.

Reencontrara-se.

Subiu sem pressa a encosta dourada pelos últimos raios do sol. Ao chegar em casa viu, como no tempo em que era solteiro, a mesinha posta no meio do pátio arenoso, bem destacada naquela hora contra o denso bambuzal que lhe servia de fundo.

– Já aprontei a comida, senhor – disse a criada, saindo ao seu encontro. – Se quiser café antes, a água está bem no ponto.

– Depois, Aureliana.

– Também está pronto o banho. Viu o erval, senhor?

– Não, não cheguei até lá. Muita macega?

– Barbaridade, senhor. Pura capoeira*. Não se enxerga nenhum pezinho de erva.

– Também daremos um jeito nisso.

Tirava a camisa molhada.

– Ah, ia me esquecendo – disse Aureliana –, esteve aqui Dom Salvador para lhe fazer uma visita.

– Quem? – Morán deteve-se, surpreso.

– Dom Salvador Iñíguez. Não quis descer. Disse que vai voltar amanhã ou depois.

Morán encolheu os ombros e terminou de despir a camisa. Ainda não tinha pensado nos antigos conhecidos. Teria de reatar as relações de amizade às quais se sentira menos ou mais ligado nos dois anos de seu afastamento. Para ele, aqueles dois anos representavam dois séculos. Para seus amigos, no ambiente invariável da região, não teriam sequer transcorrido. E se resignou.

IV

No dia seguinte, ao primeiro sinal da aurora, Morán já estava de pé. Quando saiu o sol, ele regressava de uma caminhada no mato, com as *stromboot*** embarradas e as calças encharcadas até a metade da coxa. Ao sentar-se para almoçar, às dez, a oficina já se encontrava em perfeita ordem e todas as ferramentas afiadas.

É espantosa a ineficácia do tempo interposto entre um homem e sua obra aparentemente interrompida para sempre no passado, quando esse homem, em tal obra,

---

* *Capuera*, no original. Nesse sentido, a vegetação menos frondosa que nasce após a derrubada da mata virgem. (N.T.)

** O termo pode ser uma deformação de *stormboot* – botas de temporal. Quiroga o usa muitas vezes e parece ser uma referência a calçados conhecidos como borzeguins, se levarmos em conta que, no final do Quadro V, Marta Iñíguez critica Inés Ekdal por usar "borzeguins quase tão grandes quanto os de seu marido", e no Quadro VI, consta que "usava [Inés] borzeguins em suas caminhadas". PR

empregou todas as forças de que foi capaz. Podia Morán ter-se ausentado por dez anos, podia, nesses anos, ter ficado sem nenhum contato com árvores, com um sopro de ar puro, uma madrugada, um formão. Colocado outra vez diante de uma semente ou de uma ferramenta, seu impulso era cavar a terra ou procurar a pedra de afiar.

Ao cair da noite do segundo dia, Morán encilhou seu cavalo e foi ao bar do povoado: afirmava definitivamente seu regresso com práticas sobre cultivos, desmatamentos, animais, madeiras e roçados – as matérias que o ligavam aos moradores de Iviraromí.

Entre seus amigos estava Salvador Iñíguez – ou *de* Iñíguez, como assinavam –, seu visitante do primeiro dia. Morán tinha um interesse especial por esse rapaz de 22 anos, chefe incontestável da família.

A família Iñíguez era formada pela mãe viúva e os filhos Pablo, Salvador, Marta e Magdalena. Eles se estabeleceram na região à época do casamento de Morán, cuja esposa os tratava como amigos. Vinham do Chile, mas eram de origem, nacionalidade e alma peruana, exceto a mãe, que era centro-americana.

A fortuna deles devia ser grande, a julgar pela dimensão de suas plantações de erva-mate. Outros motivos autorizavam essa suposição. A situação da família em matéria de conforto e criadagem, as aparências, o modo de agir e até o de cumprimentar acusavam antigos e arraigados hábitos de riqueza.

Diziam-se nobres, descendentes dos primeiros conquistadores, mas encarnavam – o irmão maior, sobretudo – o tipo de família tropical, proprietária de fazenda e de negros, sem cultura alguma, conhecendo da vida apenas aquilo que se desenvolvia em sua superfície.

Por causa do caráter ambicioso e obstinado de Salvador, sua mãe o nomeara chefe da família, uma liderança aceita por todos, inclusive por Pablo, que era muito mais velho.

Alto e elegante como todos os Iñiguez, de tez citrina e cabeça pequena, Salvador personificava o filhote de águia de entranhas insaciáveis, cuja compreensão do dinheiro e dos homens se consubstanciava neste aforismo, proferido na ocasião em que alguém dera mau nome a um ato que praticara:

– A honra fica para a família – e continuara, impassível, o seu jogo de xadrez.

Frio e calculista, não errava quase nunca em seus planos. Dizia-se que, em família, era um tirano. Mostrava-se muito cordial com os plantadores de erva da região, e ainda com os agregados à sua casta, como juízes de paz, comissários, bolicheiros, pessoas que um dia podiam lhe ser úteis. Mas tão logo lhe fosse pedido algo que afetasse sua bolsa ou seu negócio, transformava-se no filhote de águia, predador e sem piedade. Aqueles que, no princípio, tinham tentado qualquer coisa, perderam a esperança para sempre.

Morán não fazia parte de tal grupo. E já por seu modo de ser, já por respeito à sua cultura – um império fatal, mesmo no fundo da floresta –, Salvador sentia por Morán um afeto especial, que este correspondia com as reservas do caso.

Nos lugares distantes da civilização, os homens de caráter forte chegam a se estimar. Salvador e Morán bem sabiam a profundidade do abismo que, ao menor choque, haveria de se abrir entre ambos, mas, nas fronteiras primitivas, o trabalho árduo e o calor induzem a alma à conciliação.

*

A presença de Morán no bar agradou a todos. Eram apreciadas pelos moradores sua dedicação ao trabalho e sua discrição à toda prova. Mas nas brincadeiras a que de bom grado se submetia, sempre se notava um abismo intransponível entre eles e os de Ivíraromí, abismo que eles respeitavam, até por intuir que havia a mesma distância entre Morán e os Iñiguez, apesar dos ares que estes assumiam.

No afeto de Salvador e sua família por Morán pesavam os conhecimentos adquiridos por este em seus três anos de observação e experiências constantes no cultivo da erva. Qualquer homem, com uma pá de corte e uma enxada, aprende em três anos mais agricultura do que a que pode lhe ensinar uma centena de textos com diagramas sobre a germinação a 1/1000. Somados ainda ao faro silvestre de Morán e uma chispa de imaginação para entrever o que acontece debaixo da terra, tem-se o proveito que o jovem Iñíguez esperava obter com seu abraço de boas-vindas.

– Escrevi para teu endereço em Buenos Aires – disse ele a Morán –, mas não recebi nem uma linha de resposta.

– Eu não estava num bom momento. Mas isso não impede que sinta um grande prazer em te ver.

– Obrigado. Faremos, certamente, grandes partidas de xadrez. E tua erva? Me disseram que está abandonada.

– Um pouco, não muito...

– Gostaria de ver o resultado. Vamos dar uma olhada amanhã?

– Pode ser. Assim já vejo como anda aquilo – assentiu Morán, ao mesmo tempo em que dizia consigo: "Agora sei por que, anteontem, foste lá me cumprimentar".

Os parceiros de bar não eram gente fora do comum, mas um deles entendia de cana de açúcar, outro de abelhas nativas, aquele de caça no mato, aquele outro de *guabirobas**: eram especialistas em todas as coisas que interessavam a Morán, cujo principal mérito naquelas práticas consistia na profunda e sincera atenção que prestava – o que acabava por vencer a reserva indígena do interlocutor.

Jogava-se muito o xadrez, os gracejos eram passáveis, mas o tema constante, a preocupação e a paixão era o cultivo da erva-mate, ao qual, em maior ou menor escala, todos estavam ligados.

---

* Canoa que se faz escavando o tronco da *guabirá*, árvore de grande porte, de tronco liso e branco. PR

V

Na tarde seguinte, Salvador cavalgou até a casa de Morán, e ambos, a pé, foram ver o erval afogado num macegal inextricável.

Salvador olhou tudo, afastou com o rebenque a vegetação que ocultava os caules e perguntou a Morán se estava satisfeito com seu método.

– Depende – disse Morán. – Tu tens pressa de obter rendimentos de tuas plantas. Eu não.

– Mas, ainda que não se tenha pressa – observou Salvador –, só há um modo de cuidar: livrando as plantas das ervas daninhas.

– Quem sabe? Nem sempre o rápido crescimento do broto é sinal de saudável e longa vida – disse Morán, contemplando sua plantação.

Salvador nada objetou, não costumava fazê-lo quando Morán encarava a agricultura desse modo. Não acreditava no que ele dizia, mas tampouco considerava perdida a tarde, pois pudera ouvi-lo e ver seu erval.

Voltaram.

– Lá em casa estamos te esperando – lembrou Salvador, ao despedir-se. – Mamãe tem muita vontade de te ver.

– Ontem me disseram que Pablo volta de Lima casado. É verdade? – perguntou Morán, sem responder ao convite de Salvador.

– Sim, deve voltar no fim de julho. Então, vais lá amanhã? Mamãe quer que jantes conosco.

– Vou – disse Morán, depois de um momento. E após outra pausa: – Talvez fosse melhor eu passar um tempo sem ver ninguém... Mas vou, sem falta. Vocês costumam jantar tarde?

– Sim, mas a qualquer hora que vieres darás um grande prazer à mamãe e às meninas. Até amanhã, Morán.

– Até amanhã – respondeu Morán, subindo a passos lentos a colina, com o facão embainhado a tiracolo.

*

A lembrança da senhora de Iñíguez era grata a Morán. Sem ter com ela maior intimidade, sentira-a próxima de si nos momentos mais difíceis de sua existência: ela acompanhara, durante um dia inteiro, a agonia de sua esposa.

Morán não recordava grande coisa daquele dia. Tinha passado as horas derradeiras sentado no chão contra uma árvore, ao sol, mas com a alma num mundo de atroz pesadelo. A senhora de Iñíguez encarregara-se da casa e preparara o corpo para o velório. Morán só se lembrava concretamente de que, em certo momento, dissera *não* a um pedido da senhora, que queria colocar um crucifixo sobre o peito da morta.

A amargura de uma dor se irradia como uma mancha sobre aqueles que a testemunham, por isso a resistência de Morán ao convite de Salvador. Apesar de que – pensava Morán, ao entrar em casa – a devoção da dama, naquelas circunstâncias, era prova de bom coração. E prometeu-se que, no dia seguinte, iria de bom grado visitar os Iñíguez.

*

O que havia de mais bonito na casa dos Iñíguez era o *living-room*. Comunicava-se por três lados com os quartos. No outro, uma parede de vidro o separava da mata virgem. Dentro de casa predominavam as luzes e o conforto da civilização.

Morán, que jantava normalmente ao cair da noite, chegou às oito e meia, sem que ali nem se cogitasse de sentar à mesa. Os rapazes, pela hora que deixavam o trabalho, passando depois no bar, tinham imposto tal costume.

A senhora de Iñíguez, alta e trajando uma eterna bata, possuía uma graça especial para erguer a cabeça, pequena como a de seus filhos. Recebeu Morán com um afeto tão sincero que o comoveu.

– Já havíamos dito a Salvador – exclamou, com os esses melosos e os agás um tanto aspirados de seu trópico –, se Morán não vier em seguida, não o perdoaremos. Senhor! Chegar aqui e não avisar o nosso Salvador! Agora o temos e vai nos prometer vir todas as semanas jantar. Não é, Salvador?

– Já conversei com Morán – disse Salvador, secamente e sem voltar a cabeça, como desejando dar ponto final àquelas gentilezas.

Essas respostas esquivas e terminantes eram uma das modalidades com que o jovem Salvador impunha sua tirania no âmbito familiar.

– E tu, Marta? Esta é a nossa Marta, Morán, que cresceu um pouco mais depois que foste embora.

A jovem Marta, que passava no *hall*, sorriu para Morán sem timidez e sem perturbar-se. Era muito alta, mas de uma elegância tal para caminhar – peculiaridade dos Iñíguez – que a estatura lhe assentava bem.

– E Magdalena? – perguntou Morán. – Certamente cresceu também.

– Ah, muito pouco. Mas ganhou mais corpo.

– Onde ela está? – perguntou Salvador.

– Onde estaria? Com sua Adelfa, que desde que adoeceu não faz outra coisa senão chamar a madrinha.

E para Morán:

– É uma negrinha órfã que nossa Magdalena recolheu. Deu-lhe o nome de Adelfa. Acreditas? Ela só vê pelos olhos da minha filha. Faz duas horas que Magdalena está lá. Magdalena é muito boazinha.

– Sim, e muito bobinha – cortou Salvador.

– Por que dizes que ela é bobinha? Porque te lembras de chamá-la quando estás doente e te enfureces enquanto ela não chega? Não acredita nele, Morán. Ele é louco por Magdalena. Olha só, aí está ela. Filha, te lembras de Morán?

A jovem, que desde o corredor fixara o olhar em Morán, avançava na direção dele, tão à vontade quanto a irmã.

— Claro, mamãe — disse ela com um sorriso franco e estendendo a mão.

— Como achas que ela está? — perguntou a mãe.

— Muito bem — limitou-se a responder Morán.

Sentaram-se à mesa, por fim.

Se fisicamente a família não havia mudado, o mesmo não se podia dizer da caçula dos Iñíguez. Morán lembrava-se de uma garotinha magrela e comprida, encontrava agora uma mulher completa. E pensou: a crisálida se transformou em borboleta. Unicamente essa velha imagem podia expressar o que ocorrera com Magdalena.

— Me diz se não é um espanto — dizia a senhora a Morán, que observava Magdalena atentamente. — Te lembras dos d'Alkaine, que passaram dez dias conosco na época em que ainda estavas aqui? Vieram nos visitar no mês passado e não reconheceram minha formosa Magdalena. Ouviste só, filhinha? Morán, mesmo sendo quem é, não te reconheceria se te visse na rua.

— De fato — confirmou Morán, e virou-se para Salvador. — Como se chama o naturalista que ontem mencionaste?

— Ekdal. Halvard Ekdal. É norueguês ou coisa parecida.

— Conheço esse nome.

— Eles vieram do sul. Viveram muitos anos nos lagos*. Acho que vão se dar bem contigo.

— Certamente que sim — interveio a senhora. — Já havíamos comentado: que pena que Morán não está aqui para conversar com Ekdal, ele que é tão habilidoso.

— É casado? — perguntou Morán.

— Sim, com uma excelente mulherzinha. Acho que sabe tanto quanto ele. E um pouco estranha, não é, Marta?

— Pouco não, muito — disse a moça.

— E tu? — Morán voltara-se para Magdalena. — Também achas que ela é estranha?

---

* Em Corrientes, talvez, região de lagoas e dos esteiros de Iberá. (N.T.)

– Gosto muito dela – respondeu Magdalena. – É uma pessoa boníssima.

– Mas montar a cavalo como um homem é algo muito estranho – objetou a irmã.

– É costume entre eles. E não é tão incomum...

– Aqui é. E aqueles borzeguins, quase tão grandes quanto os de seu marido...

– Não sei se há algum mal nisso. O que sei é que é muito boa com todos e conosco.

– Lá vem ela com sua bondade – disse Salvador. – Para ela, ninguém é ruim.

A moça sorriu.

– E eu? – perguntou Morán. – Na sua opinião, sou um homem bom?

Magdalena deixou de rir, olhando para Morán com surpresa. A mãe e Marta trocaram uma piscadela.

"O que há com essa gente?", perguntou-se Morán, olhando insistentemente para Magdalena.

– Vamos, filhinha – disse a senhora, animando-a, como se anima uma criança a dizer algo engraçado. – Responde o que Morán te perguntou.

– Agora, na frente dele.

Magdalena tornou a olhar para Morán com o mesmo ar de espantada surpresa.

– Ora, filhinha, não é preciso fazer esse ar de assombro. Não há mal nenhum, graças a Deus. Morán, sabes que és o herói de minha filhinha? *O homem perfeito.* Não é, Marta?

– É isso mesmo.

– Mamãe – suplicou Magdalena.

– Sim, filhinha, não disseste isso umas cem vezes? Quantas vezes fizeste a defesa de teu grande amigo Morán?

– Minha defesa? – perguntou Morán, interessado.

Fez-se um brusco silêncio. Ninguém sorria mais.

– Mamãe, chega de bobagens – disse Salvador. – Se é para isso que desejavam tanto a visita de Morán...

A senhora reagiu:

– E tu, por que isso agora? Vivemos aqui nesse fim de mundo, e quando nos permitimos um momento de expansão com um amigo tão provado como Morán, te sais com essa...

– Está bem, mamãe, as bobagens são minhas – assentiu o jovem, conciliador. E oferecendo a fruteira a Morán: – Tinhas uma teoria a respeito da plantação de bananas, se bem me lembro.

E a conversa, voltando ao terreno agrícola, sempre grato na região, fluiu sem parar até Morán despedir-se.

VI

Durante uma semana Morán não saiu de casa. Aproveitou as noites frias para pôr em ordem certo setor de sua oficina, cujos frascos sem rótulo e boiões dessecados por dois verões consecutivos deram muito trabalho antes de retornar aos seus respectivos lugares.

Decidiu, por fim, visitar Ekdal, o naturalista, de quem já ouvira falar em Buenos Aires.

Achou-o em pleno mato, embora a distância entre a casa dele e o bar das ruínas* não passasse de uma quadra. Alguém tinha construído ali um chalé que podia ser considerado luxuoso, se comparado com as construções daquele tipo na região. Nele se instalara Ekdal com a esposa, jovem como ele e que, como já se sabe, usava borzeguins em suas caminhadas e montava como um homem.

Eram noruegueses e achavam que Misiones era o lugar ideal para viver. O chalé tinha três peças. Uma lhes servia de *living-room*, a outra de quarto de dormir, e a terceira, menor, era repartida: metade laboratório, metade banheiro.

Fisicamente, o naturalista personificava o norueguês clássico: muito alto, muito louro e com um olhar infantil.

---
* Ruínas jesuíticas. (N.T.)

A mulher, no entanto, tinha a tez cor de mate e cabelos e olhos negros. Causava espécie ouvir aquela jovem de aparência tropical falando alegremente em norueguês.

Com meia hora de visita, Morán já agradecia ao destino por ter trazido Ekdal a Iviraromí. Morán sentia grande encanto pela ingenuidade nas mulheres e mais ainda nos homens. Ekdal, debaixo de sua vasta cultura, era a ingenuidade em pessoa. Aquilo que Morán possuía de sisudo e impenetrável para o comum das gentes desvanecia-se diante de uma alma assim, dando lugar à candura infantil que guardava zelosamente sob seu duro aspecto.

Como Morán se interessava pelas ciências naturais, somou essa semelhança de gostos às afinidades de espírito mutuamente descobertas, e voltou para casa, na noite clara e fria, prometendo-se não desperdiçar aquela ocasião de aprender algo do muito que ignorava.

VII

De fato, a amizade entre Morán e os Ekdal foi selada já no instante em que se conheceram. De dia, Morán passava longas horas entre os pensionistas zoológicos das mais diversas espécies com que Ekdal se entretinha. À noite, conversavam até cansar, à luz do álcool carbonado.

Naturalmente, também ali estava presente a influência da erva-mate, e o próprio Ekdal, embora fosse zoólogo, enfronhara-se em seu cultivo. O norueguês contou a Morán um caso ocorrido com os Iñíguez, meses antes, numa de suas plantações.

Em certa tarde, conversando com o mais velho dos Iñíguez, Ekdal aludira à possibilidade de que, qualquer dia, as sementeiras da erva – entre as quais se achavam na ocasião – viessem a ser atacadas por uma praga que ainda não se anunciara, mas cujos prejuízos seriam incalculáveis.

– Por que teríamos essa praga? – retrucara Pablo. – Essas sementeiras estão perfeitamente sãs.

– Porque é a lei natural, quando se acumulam elementos orgânicos em desproporção com o seu regime de vida. Acho que deveriam preveni-la.

– Ah, sim? E como?

– Eu não saberia dizer, mas seria, decerto, como usualmente se previnem essas coisas. Cultivos de casos isolados, análises de laboratório etc.

– E isso custaria, claro, um balaio de dinheiro...

– Sem dúvida.

– E para prevenir uma praga da qual não temos nem sinal, gastaríamos quatro, oito ou dez mil pesos com químicos e... – ia dizer naturalistas, mas se contivera, rindo: – Em minha terra, conheci engenheiros-agrônomos com a bolsa cheia de tubos de ensaio e que não sabiam plantar uma cebola...

– É verdade – dissera Ekdal, tranqüilo –, às vezes a gente encontra homens assim.

E sem falar mais no assunto, continuara sua caminhada com Pablo Iñíguez, à sombra das coberturas que mantinham umidade constante nos dois hectares de sementeiras de erva-mate.

Em certa noite, um mês depois, o mesmo Pablo detivera seu cavalo diante do chalé de Ekdal, pedindo-lhe um remédio para as manchas de fungos que tinham aparecido nas sementeiras. Ekdal respondera que a cal costumava ser eficiente no tratamento de fungos. Pablo se retirara, visivelmente satisfeito com o custo reduzido do remédio... e da consulta.

– E sabe o que aconteceu? – concluiu Ekdal. – Ele borrifou com cal as manchas e boa parte de seu contorno, como eu havia recomendado. Mas com cal viva! Cal viva sobre plantinhas de quatro dias!

Morán deu uma risada, com a satisfação que sempre tinha quando os Iñíguez fracassavam ante fenômenos superiores à sua seca e árida inteligência. Contratar peões por duas colheres de banha rançosa e exigir-lhes o máximo de trabalho, este era o forte dos rapazes.

– Todos eles são iguais – apoiou Inés, erguendo sua bela testa, realçada por duas mechas dos cabelos de ébano que ela conseguia manter sempre úmidos. – Se não fosse por Magdalena, não valeria a pena tratar com essa gente. É a única que presta.

– Também tenho essa impressão – disse Morán.

– Teu conhecimento deles é anterior ao nosso, deves saber muito bem como eles são.

– Sim, mas Magdalena era uma criança quando fui embora, mal a conhecia.

– Ela se lembra muito bem de ti.

– Pode ser... Minha opinião sobre ela é igual à de vocês.

– Não é uma opinião nossa. Todos pensam assim.

VIII

Se não todos, tinham a mesma opinião as três ou quatro pessoas com as quais Morán conversou nos dias seguintes. Em Iviraromí não se falava nada sem que o nome dos Iñíguez logo viesse à tona.

– Todos foram recortados pela mesma tesoura – dizia um –, mãe, filhos, a filha. Não dá para entender que Magdalena tenha saído da mesma ninhada dessas aves de rapina.

E outro:

– A menor condensou aquilo de bom que deveria ter sido repartido entre os cinco membros da família. O resto é deles.

Esse conceito da caçula dos Iñíguez também era forte entre os humildes.

– Como ela é boazinha – dizia uma excelente velha, que Morán consultava sobre variedades de mandioca. – Coração de ouro, é o que lhe digo. É a minha pombinha, Dom Morán. Os outros são filhos do Diabo.

Morán, portanto, já se achava suficientemente informado sobre Magdalena quando, em certa noite, chegou à casa dos Iñíguez para jantar, justamente no momento em que a família terminava de fazê-lo. Desculpou-se pela hora tardia: estava voltando, a cavalo e sem relógio, da confluência do Isondú. A noite o surpreendera no caminho.

– Ora, ora, Morán, te senta logo aí – disse a senhora. – E de castigo, vais comer mal. Imagina, se perder de casa desse jeito! E tu, Magdalena, filhinha, vai à cozinha e vê o que temos para oferecer.

Magdalena, com pressa, foi transmitir as ordens maternas. A empregada trouxe os pratos, mas quem serviu Morán foi Magdalena.

– Não incomodo? – perguntou Morán, olhando-a.

– De modo algum – respondeu a jovem. – É um prazer te servir.

Sustentava abertamente o olhar de Morán, que sorria.

– Filhinha – tornou a mãe –, Morán vai pagar com juros o que hoje fazes por ele. Morán, estivemos pensando que poderias lembrar a Magdalena o inglês que ela quase já esqueceu. Para essas coisas, é tão preguiçosinha...

– Eu não sou preguiçosa, mamãe – riu-se a jovem, sentando-se numa poltrona, enquanto esperava tranqüilamente que Morán terminasse de comer.

– Não, não és. Mas por que não queres retomar teus livros de inglês? É o que tenho dito sempre: tomara que minha Magdalena se case com um homem que só fale em inglês com ela.

Morán, que já ia se oferecer como professor, conteve-se.

– Depois falaremos sobre isso, Morán – disse a senhora –, agora estamos muito atarefados com a chegada do meu Pablo e sua mulher. Ai, que vontade que tenho de abraçá-los. Não sei se sabes, ela é nossa sobrinha. Quando pequenininha, perdeu a mãe e a irmãzinha num terremoto. Que horror aquilo, Morán! A pobre mãe morreu abraçada ao seu nenê, debaixo do berço, onde tinham ido parar com os tremores. E a criança, meu Deus, morreu sem batismo!

– Não te preocupa, mamãe – disse Magdalena –, ela está com os anjos.

Morán a olhou. Embora conhecesse o espírito religioso da família – cego, fechado e conventual na mãe –, não imaginava que uma jovem da época levasse tão longe e tão para trás no tempo a sua fé católica. O tom convicto de Magdalena o surpreendera.

– Acreditas nos anjos? – perguntou Morán.
– Acredito – ela respondeu.

Morán teria gostado de continuar, mas naquele instante entravam Marta e Salvador, que estavam voltando de uma rápida visita à casa de Ekdal. Pouco depois Morán se retirava, prometendo voltar em breve para ajudar na organização da recepção festiva a Pablo e sua esposa.

IX

Mas Morán tinha um problema mais sério para resolver consigo mesmo. Até aquele momento ele não quisera pensar na comoção que a menor dos Iñíguez lhe causara. Tinha de decidir-se, contudo. A imagem de Magdalena vinha à sua lembrança com uma freqüência tal que, sem chegar a interromper o vaivém habitual de sua vida, acompanhava-o em todos os trabalhos a que se dedicava.

Sua conclusão mais categórica a respeito dos Iñíguez era a de que Magdalena era um capítulo à parte. Inés Ekdal, os plantadores, a velha das mandiocas, todos estavam de acordo: Magdalena tinha o nome e o sangue dos Iñíguez por uma ironia do destino.

Afora isso, o que mais o tocava eram os olhos de Magdalena, de uma formosura aveludada sem igual. Mas era no modo de olhar, na sua expressão intensa de espera e destino ainda não encontrado, que residia sua misteriosa sedução.

"O destino ainda não encontrado... esta é a questão", dizia-se Morán, enquanto perfurava um moirão de alambrado. "Uma Iñíguez não difundiria aquele aroma de bondade e nem olharia daquele modo, se o seu destino já estivesse traçado..."

Morán lembrou então – reviveu, como se daquela tarde não tivessem passado mil anos – a interminável fixidez com que Magdalena olhara para sua mulher quando, um dia antes da morte dela, ele a levara para fora, esperando que aquilo a ajudasse a respirar. E lembrou também o assombro com que Magdalena o seguira quando, ao entardecer, ele erguera Lucila nos braços, carregando-a para dentro de casa.

Morán, depois, não tinha pensado mais naquilo, mas agora transportava aquela expressão da menina para os olhos da mulher atual, e ficava pensando, pensando, sem deixar de forcejar com a pua.

Ao mesmo tempo, recordava-se de Magdalena a confiar nos anjos. Para acreditar neles era preciso que se tivesse uma inteligência modesta, pura em sua cegueira. Assim era a de Magdalena, como já percebera em outras circunstâncias. E essa incompreensão serena, debaixo daquele coração de ouro, era mais do que bastante para enternecer um homem como Morán.

Em outra época, em outro ambiente mais afastado de seu drama sentimental, Morán teria prestado mais atenção àquilo que seu coração só se atrevia a sussurrar. Se nos momentos atuais sua consciência jazia tranqüila, tão logo a provocasse haveriam de surgir, como borra remexida, aquelas graves acusações passadas contra si mesmo. Não se considerava incapaz de amar, mas de fazer-se amar. Por isso fechava os olhos às doces ilusões que, vagamente, começavam a refrescar sua alma.

X

No curso de junho e julho, viu assiduamente os Iñíguez, na casa deles ou na de Ekdal, que aqueles visitavam com freqüência.

Nos focos de vida distantes da civilização, as gentes de casta privilegiada se unem forçosamente. Pode ocorrer que não se estimem, não se queiram, mas, para as indispensáveis atividades sociais. as aparências de cordialidade bastam.

Naquele inverno, os Iñíguez, os Ekdal, Morán e outros se reuniram várias vezes, geralmente à tarde, quando saíam a caminhar nos frios e belos dias de sol, mas não raro à noite, na casa dos Iñíguez, onde a presença de Morán se tornara fundamental. Para a senhora, sem ele não havia reunião completa. Sua chegada era esperada com impaciência, como se apenas o aparecimento daquele homem de passo firme e rosto bronzeado pudesse dar calor à casa. E quando um mês depois, no dia da grande festa, Morán se distraiu em sua oficina e demorou-se além da conta, um negro dos Iñíguez e um agente da polícia, um após o outro, vieram reclamar sua presença.

As lições de inglês não tinham começado. Os livros que Morán emprestava para Magdalena eram devolvidos com um comentário invariável: "Divino, fiquei encantada". Até então, não haviam conversado a sós nem meio minuto, mas ele intuía as causas do súbito apreço de Magdalena às reuniões e aos passeios, e não escondia de si mesmo a aurora em que começava a despertar seu coração.

Numa daquelas noites, Morán permaneceu um pouco mais com a família, depois que os outros se retiraram, e foi surpreendido pelo ar de mistério com que Salvador e a mãe sentaram-se diante dele. Contraiu ligeiramente o cenho, mas, às primeiras palavras de Salvador, recobrou a impassibilidade habitual.

Salvador punha à disposição de Morán cinco mil plantinhas de viveiro, para que retomasse a plantação de erva-mate. Para os Iñíguez, essas cinco mil plantinhas não representavam nada. Para Morán, representavam muito, pois não tinha sementeiras. E mais: aquilo era um presente.

Morán agradeceu, como cumpria, aquela generosidade sem precedentes, mas recusou. Faltava-lhe terra preparada, faltava-lhe ânimo – alegou qualquer coisa.

"Devem gostar muito de mim", dizia consigo, ao cruzar a noite gelada na volta para casa. Atrás dele, na distância, brilhava nas trevas uma parede de vidro iluminada. "Se as coisas continuarem desse modo", concluiu, abrindo o portão, "tudo pode acontecer".

XI

Aproximava-se o 30 de julho, quando chegariam Pablo e sua mulher. A expectativa do banquete com que os Iñíguez festejariam o retorno de Pablo parecia ter agitado também os moradores mais humildes, pois naquele inverno dois ou três bailes foram realizados em datas mais ou menos patrióticas, no salão do bar, com o patrocínio dos plantadores jovens da região.

Os que conheciam o temperamento reservado de Morán se surpreenderam com a presença dele em tais festas, e mais ainda com sua animação ao lado da menina dos Hontou, que por sua vez parecia ter perdido, na companhia de Morán, seu característico orgulho de casta.

Os Hontou pertenciam a uma antiga família paraguaia que, nos primeiros anos das plantações de erva-mate, instalara-se em Ivirâromí. Sempre tinham sido pobres. Os três rapazes trabalhavam por dia nos ervais, as duas moças e a mãe cultivavam ¼ de hectare e, compenetradamente, lavavam a própria roupa. No entanto, jamais haviam abandonado o ar de pessoas de casta. Conservavam peculiaridades da aristocracia rural, muito visíveis na seriedade dos varões para tratar e trabalhar, na arrumação da casa, na multiplicidade de pequenas indústrias domésticas que supriam quase todas as necessidades, no sentimento do lar e de independência que foi perdido quase integralmente pela classe operária do Nordeste.

Compunham a família Dona Asunción, a mãe viúva, e os filhos Roberto, Etién, Miguel, Eduvigis e Alicia. Ignorava-se o que queria dizer Etién. Provavelmente Etienne, em remotos tempos.

A casinha dos Hontou era freqüentada pelos amigos dos rapazes, também por funcionários e jovens plantadores que, indo por Alicia, terminavam se contentando com a irmã mais velha. De Alicia, os pretendentes desalentados diziam que pateava como uma mula, por causa da terminante brevidade de suas negativas, que não deixavam esperança alguma. Comentavam-se algumas coisas a respeito dela, sabe-se lá com que fundamento. O certo é que não era presa fácil.

Morán, por seu modo de ser, por seu amor ao trabalho e as árduas tarefas solitárias que o equiparavam a qualquer peão, gozava de simpatias gerais entre as classes pobres. Conscientes da distância que as separava dele, eram-lhe gratas por fazer com que se esquecessem disso – e essa circunstância, ao invés de diminuir o respeito que lhe tributavam, inspirava nelas um carinhoso afeto.

No passado, Roberto e Miguel tinham trabalhado no pequeno erval de Morán. Conheciam-se, portanto. E os Hontou estimavam Morán mais do que todos na região. Assim, não era de se estranhar o prazer que Alicia sentia ao seu lado.

Dois anos antes ela era já muito bonita. Agora, sua sedução era quase irresistível e isto acentuava a altivez de sua fisionomia quando se sentia observada. Mas, como ocorre com freqüência em rostos altivos, nada era comparável à sua doçura quando sorria – doçura da boca, das faces, dos olhos rasgados. Acariciava, entregava-se toda em ternura ao sorrir. E era tão vivo esse encanto que Morán quase não ouvia o que ela falava e tinha de sorrir também.

– E então, Dom Morán – disse Roberto Hontou ao despedir-se, já de madrugada, para levar as irmãs em casa –, vamos ver se agora o senhor aparece.

– Vou aparecer – disse Morán. E para Alicia: – E tu? Queres que eu vá?

A moça, de perfil para Morán e com uma expressão sobranceira, voltou-se, fitando-o.

– Eu não... – mas seu sorriso doce dizia sim.

A neblina era forte e gelada. Morán retirou-se pouco depois e, a cem metros, foi alcançado por Salvador. O frio mordia as orelhas e eles apressaram o passo.

– Te vimos com Alicia – disse Salvador. – Hoje ela estava diferente.

– Parece muito orgulhosa – observou Morán.

– Demais. E pateia como uma mula.

Morán sorriu dentro da gola erguida do capote. Salvador talvez falasse por experiência própria...

Mudaram de assunto e um instante depois Morán prosseguiu sozinho a caminho de casa, ainda muito agitado com a lembrança de Alicia.

XII

Mas não foi vê-la no dia seguinte, nem no outro, nem ao longo da semana. Na tarde posterior ao baile veio à sua casa Adelfa, a negrinha recolhida pelos Iñíguez, trazendo um livro remetido por Magdalena. Morán o abriu e encontrou um bilhete. Magdalena devolvia o romance "encantador", embora não tanto quanto as horas que ele teria passado no bar...

Se em Ivaromí as classes humildes se ocupavam do que acontecia nas castas superiores, estas, por sua vez, ocupavam-se do que acontecia com aquelas. A senhora de

Iñiguez, sobretudo, na sua condição de protetora de negros, interessava-se por tudo que dizia respeito às famílias dos peões. Era evidente que Salvador tinha comentado em casa o baile da noite anterior.

O tom da carta era de brincadeira, mas Morán percebeu que escondia um sentimento e ficou satisfeito. Naquela mesma noite foi à casa dos Iñiguez e, ao primeiro olhar de Magdalena, notou que ela também esperava vê-lo.

Pelo resto da noite, no entanto, mantiveram seus comportamentos habituais. Morán, homem feito e com mais de um drama em sua vida, satisfazia-se com a ilusão de ser o "homem perfeito" de Magdalena. Não desejava mais, tampouco queria saber mais. Quando, na conversa, ambos coincidiam numa opinião, quando se surpreendiam um junto do outro ou, numa recorrida geral de rostos, seus olhares se encontravam, um brilho inequívoco denunciava os mútuos sentimentos, mas Morán se sentia feliz demais com o que já tinha para exigir qualquer progresso.

Nessa noite, também os Ekdal estavam na casa dos Iñiguez, a iminência da festa estreitava os laços sociais. Na saída, Morán acompanhou o casal, conversando sobre os preparativos.

– Sabes como será a iluminação de que tanto se fala? – perguntou Inés Ekdal. – Doze lanterninhas chinesas, penduradas no caminho do portão para a casa. Doze lanterninhas! Uf! Que gente!

– É interessante – disse Morán.

– Achas? Isso porque és homem e não observas os detalhes...

– Inés – murmurou Ekdal.

A jovem pôs-se a rir.

– Ora, Halvard, não estou dizendo nada demais. Não vou ficar cega a respeito deles só porque gosto de Magdalena. E tem mais, elas costumam rir de mim porque, quando estou de sapatos, cuido para não pisar no barro... Doze lanterninhas de trinta centavos cada uma, Morán! Ai, vou me divertir a valer!

– Muitos convidados?

– Todos os que freqüentam a casa. E outros mais de Guazatumba, para que fiquem deslumbrados...

– Os rapazes vão reclamar de tantos gastos...

– Tomara – disse Inés, contente, agarrando-se ao ombro do marido para saltar uma poça d'água.

XIII

Chegou, por fim, o 30 de julho. O dia todo Morán passou no mato. De volta ao chalé, ainda não tinha acabado de vestir-se quando vieram chamá-lo.

De longe, viu as míseras lanterninhas nos dois lados do caminho, a quinze ou vinte metros uma da outra. E viu também, ao dobrar a esquina da quinta, umas quantas mulheres humildes com os filhos nos braços, que admiravam à distância as sombras projetadas na parede de vidro.

O atraso de Morán não causou nenhum transtorno. O banquete só começaria às onze, quando chegassem os recém-casados.

– Vê só o tino da senhora – disse Inés Ekdal, ao ouvido de Morán. – Pablo e sua mulher vão chegar cansadíssimos, depois de vinte dias de viagem contínua, e ela inventa uma festa para vinte convidados que a noiva não conhece. Para terminar de matá-la, um banquete à meia-noite. E com a cara que a pobre deve estar... Tenho pena dela!

Inés poderia ter ido mais longe em sua profecia: a jovem esposa desmaiou durante o banquete. Mas a festa não se interrompeu, prolongando-se até seis da manhã.

Caía um chuvisco gelado quando os convidados se retiraram. Andando com largas passadas, Morán recordava não mais do que três coisas daquelas luzes e daqueles risos: o olhar de Magdalena quando ela apareceu no *hall* e o descobriu entre vinte e tantas pessoas misturadas; o fato de tê-la ao lado na mesa; a felicidade por ter conversado com ela a sós durante dez minutos – uma conversa genérica, sem rumo –, ambos com as cabeças apoiadas na parede de vidro.

XIV

A alegria de mar possibilita que se encontre distração em temas aborrecidos e, ao mesmo tempo, estimula o enfrentamento de situações que, em outras circunstâncias, exigiriam uma atitude mais prudente.

Morán não concordava em tudo com Ekdal, mas sentia tal estima pela boa-fé daquele homem para pensar, trabalhar e viver que, muitas vezes, dava-lhe razão apenas para não correr o risco de magoá-lo.

Muito mais viva era sua intimidade com Inés, animada por mexericos sociais que, normalmente, não o interessariam, mas que agora interessavam, já que de alguma forma se relacionavam com as inquietudes de seu coração.

Inés, por sua vez, não podia falar com ninguém, exceto seu amigo, com a liberdade de pensamento e de opiniões peculiar à sua origem nórdica e à sua educação: a mesma educação que a fazia ir ao encontro de Morán com um sorriso que começava no caminho e não terminava antes de apertar-lhe a mão – ainda que Ekdal não estivesse em casa.

– Vem tomar chá amanhã – disse-lhe Inés, numa dessas ocasiões. – Os Iñíguez também vêm.

Não teria passado despercebido a Inés o entendimento entre Magdalena e Morán, na noite do banquete. Mas ela não era do tipo que faz insinuações para provocar uma confissão. Como Morán nada disse, ela nada comentou.

– Não vou faltar – disse Morán. – E Ekdal?

– Foi deitar-se um pouco, está muito cansado. Trabalhou desde cedo com nem sei quantos animais.

– Não foram baratas, presumo.

– Oh, não, desta vez não – disse Inés, sorrindo.

O gracejo se explicava: Ekdal encarregara todos os peões e piás de Iviraromí de recolher quantos animais encontrassem. Por cada cem baratas do mato, por exemplo, pagava vinte centavos. E as baratas, abundantes debaixo de cada pedra ou de cada tronco apodrecido, chegavam aos milhares, todas iguais, ao chalé do naturalista: tinha ele a paciente esperança de encontrar uma barata, talvez a de número 10.000.000, cuja espécie ainda não estivesse catalogada.

Morán se levantou.

– Fica um pouco mais – pediu Inés.

– Mas Ekdal está dormindo...

– Não, não estou – interveio este, da peça ao lado. – Estou apenas descansando.

– Vamos sair um pouco, Halvard – avisou Inés ao marido. E para Morán: – A noite está agradável.

Levando cadeirinhas de vime, foram sentar-se junto ao cercado do tapir, um areal sem jaula que, à luz da lua, brilhava como um pequeno deserto.

A noite realmente era aprazível, silenciosa. A vinte metros de ambos se erguia o mato numa sombra densa, só atravessada por escassos raios lunares que se filtravam obliquamente nas frondes, desciam pelos troncos e iam desenhar no solo manchas de luz gelada. Nenhum movimento no mato, no ar, no homem e na mulher sentados. Pareciam ter vida apenas a lua, como dilatada pelo silêncio, e com as sombras de Inés e Morán projetadas adiante, muito juntas, o páramo de areia absorvendo sua luz. Dois fantasmas de um grande, antigo e eterno amor poderiam perfeitamente ter marcado encontro ali.

– E pensar que há pessoas que, neste momento, estão num teatro... – murmurou Inés.

– É verdade – disse Morán.

Ficaram mais de uma hora ali, conversando.

– Não falta – recomendou Inés, quando Morán se despediu.

– Não, não vou faltar.

Quem faltou no dia seguinte não foi Morán, foi Magdalena.

XV

Ele prontamente percebeu o motivo daquela ausência: a família não queria que Magdalena o encontrasse – o que ficou comprovado naquela mesma tarde, pela barreira de reserva que a família opôs à sua amizade.

"Adeus, simpatia da senhora", disse consigo Morán, ao recordar sua condição de favorito. "Agora sou o Diabo".

Não imaginava quão próximo estava da verdade.

Nos primeiros tempos, tivera a impressão de que os Iñíguez lhe ofereciam Magdalena. As revelações algo insólitas dos sentimentos da jovem, as alusões ao possível marido que ensinasse inglês, o lugar que lhe haviam destinado no banquete... isso e outras coisas. Mas estava equivocado. Ele, Morán, não era considerado pelos Iñíguez um pretendente grato.

Aquela inesperada oposição teve o dom de revelar toda a intensidade de seu amor, que antes estivera correndo o risco de dormitar eternamente nos suspiros do conformismo. Ao ser-lhe negada Magdalena, ele, que estava seguro de que a recusa era prerrogativa apenas sua, sentiu pela primeira vez o medo de perdê-la.

O destino não é cego. Suas resoluções inexoráveis obedecem a uma urdidura ainda inalcançável para nós, a uma harmonia superior oculta nas sombras, da qual ainda não podemos nos dar conta. Morán já vivera bastante e Magdalena tinha apenas 17 anos. Mas ele suspeitava de que o destino tinha aberto um caminho exclusivo para os dois e os compelia nessa direção.

Com tal convicção, tanto na hora do café como durante o passeio que se seguiu, não perdeu a calma, nem demonstrou ter notado qualquer modificação no comportamento dos Iñíguez. E como queria saber até que ponto chegava aquela oposição, anunciou à senhora sua visita no dia seguinte – para jantar, por certo.

E o fez.

Bastou-lhe entrar na casa e olhar ao redor para perceber que a atmosfera, no que lhe dizia respeito, estava totalmente mudada. Ao perguntar por Magdalena, responderam-lhe que viria em seguida, mas ela só apareceu na hora da janta, quando Morán já não mais esperava vê-la.

Um olhar fugaz foi suficiente para que ambos se sentissem isolados de tudo e de todos, nutridos por uma só e luminosa esperança.

Morán não era homem de suportar uma desfeita como aquela. Salvador sabia disso e não se enganou nem um segundo com a aparente calma de Morán.

"Gente cachorra", desabafou Morán quando saiu. "Um dia vão me pagar, todos eles, pelo mau pedaço que hoje tive de passar".

XVI

No dia seguinte, Morán passou várias vezes pela estrada, esperando ver Magdalena. Não a viu. E como apostar nas probabilidades dava sempre errado quando seu coração estava em jogo, dirigiu-se naquela noite, a galope, à casa dos Hontou.

Desde a noite do baile não tornara a ver Alicia. No impulso do estado de espírito em que se achava, durante duas horas foi tão amável, tão terno, que Alicia não conseguiu recuperar a altivez habitual: a inesperada felicidade vertia em caudais de seus olhos e sorrisos.

Ao cair da tarde do outro dia, Morán visitou rapidamente os Ekdal, na vã esperança de encontrar Magdalena. À noite foi outra vez à casa dos Hontou, com o beneplácito dos rapazes, que lhe apertaram a mão e se retiraram, e a evidente proteção de Dona Asunción, que sorriu amorosamente para o casal e também se retirou.

Morán passou sete dias completos sem ver Magdalena, e Alicia absorveu, transformado em paixão, o despeito que enchia o coração dele.

Morán não mentia a si mesmo quando, na companhia de Alicia, sentia que se abriam convulsivamente as aletas de seu nariz. Alicia, para ele, encarnava o desejo, da garganta aos tornozelos. A moça notava essas reações. Mas como o amor e o desejo se expressam pelas mesmas palavras, Alicia, feliz por tê-lo ao seu lado, fechava os olhos àquela confusão.

– Tu não me amas – dizia Morán, desalentado.

Alicia só permitia que ele lhe tomasse a mão. E não respondia.

– Se me amasses – ele insistia –, serias boazinha comigo.

Alicia o repreendia, num tom amoroso que não escondia sua tristeza:

– Talvez eu não saiba te amar, Máximo. Decerto é por isso que vais procurar entre os Iñíguez quem pode te amar melhor.

Um homem com os sentidos tensos, ao lado de uma mulher desejada intensamente, tem seu coração bloqueado, jacente como debaixo de uma lápide.

– Eu amo só a ti – ele disse, abraçando-a.

Alicia livrou-se do abraço.

– Não, não me amas, amas outra. Mas pouco me importa. Eu te amo com toda a minha alma, Máximo, e sabes bem que isso é verdade.

– Mas se me amas – e ele estendeu de novo o braço –, por que resistes tanto?

Outra vez ela se esquivou. Morán, contrariado, ia dizer algo, mas conteve-se. A primeira palavra, no entanto, estava lançada:

– Outro...

Alicia o fitou longamente, confiando-lhe todo o amor que pode expressar um rosto. E com um altivo e amargo sorriso, com um orgulho tão doloroso quanto nobre e amante, disse:

– Mas não eras tu!

Morán recolheu a mão, inerte. Um instante depois se retirava, jurando voltar.

XVII

Mas não voltou. A impossibilidade de ver Magdalena exasperava seu pessimismo e ele mesmo sabia que, nessas condições, sua companhia era intolerável. "Outra mais", dizia-se. "Quanto mais maduro um homem, mais facilmente se deixa enganar por uma ranhenta..."

Assim ia pensando na tarde em que, dobrando a esquina da quinta, avistou Marta e Magdalena vindo lentamente pelo caminho crepuscular.

Subitamente, na rapidez com que se passa de uma atroz injustiça a uma louca revelação, desejou ser a terra que os sapatos de Magdalena pisavam. Ia passar por elas e confiou às contingências do encontro a atitude que deveria tomar.

Ao avistá-lo, Marta sorriu ligeiramente. Morán sorriu também e encaminhou-se diretamente para elas, que se detiveram, esperando-o.

As palavras trocadas naquela breve conversação sumiram de sua memória, sem que jamais pudesse recobrá-las. O que ficou, presente e eterno, foi o instante em que Magdalena, aproveitando-se de uma distração de Marta, disse rapidamente, em voz baixa:

– Não me deixam sair mais. Esta noite te espero na janela, a última a contar do saguão.

– A que hora?

– Às nove.

Morán cumprimentou as irmãs e seguiu seu caminho. Mas suas mãos! Seus passos! Seus lábios mordidos de solitária felicidade!

"Te espero". Não dissera: "Está bem, senhor Morán, farei o que me pede". Tomara a iniciativa: "Te espero".

Jamais Morán tinha visto materializar-se em vida a felicidade como nessas duas palavras, o ideal de virgem espontaneidade que amava na mulher sobre todas as coisas. Era preciso mais do que amar com secreta paixão um homem para ser capaz de lhe dizer, olhando-o nos olhos: "Te espero". E quem dissera isto recém abria as pestanas para a luz, não tinha mais do que 17 anos. Ignorava tudo da vida, menos o impulso de seu coração tão puro, que a levava a ter tal grau de intimidade com um homem com o qual falava quase que pela primeira vez. Somente uma mulher de corpo imaculado e alma sem mancha podia expressar-se assim.

"Aí está o teu destino", pensou ele, com ternura, "raros são no mundo tua sede de bondade e o insondável anseio de teu olhar, Magda minha, luz da minha vida."

XVIII

Às nove em ponto daquela noite, Morán estava saindo do mato. Atravessando uma picada lamacenta, aproximou-se da quinta janela, contando do saguão.

– Não me deixam ir à sala quando vens aqui – sussurrou Magdalena. – Na tua última visita fiquei chorando até a hora da janta.

– Como poderemos nos ver?

– Não sei... Aqui, de vez em quando. Mas é perigoso. Eles pensam que vim fechar a janela.

– Minha querida – murmurou Morán, muito baixo.

Magdalena, que falava voltando-se freqüentemente para dentro, deteve diante dos olhos dele seu rosto de amor, confiança, beleza e juventude. E sorriu.

– Me amas muito? – Morán quis saber.

– E tu?

– Imensamente.

O rosto dela tornou-se grave, enquanto seus olhos voltavam a adquirir aquela profundidade de um destino que ainda se ignora.

– E me amarás sempre?

A expressão de Morán traduzia sua alma.

– Sempre te amarei.

Passou-se um instante. Ela sorriu, por fim, e como a mão de Morán tremesse na tela de arame sobre a grade, Magdalena estendeu a sua. E ele beijou os dedos dela.

A jovem recuou.

– Não posso ficar mais...

– Escuta...

– Não, podem nos ver. Amanhã...

– Escuta, só quero dizer que te adoro.

Magdalena deteve-se um instante, com um sorriso de felicidade. E fechou a janela.

XIX

Na noite seguinte chovia, e o céu de vez em quando se abria em fulgores de luz crua. Magdalena estava assustada.

– Vai logo. Pablo está no escritório e pode nos ver. Não trouxeste o capote? Vais ficar doente...

– Mas precisamos combinar. Se nos descobrirem, como vamos nos comunicar? Como posso te escrever?

– Não sei... Ai, estou tão nervosa... Vai logo, pelo amor de Deus!

– Amanhã, então?

– Não sei se vou poder... Eles estão desconfiados. Vai!
– Me dá tua mão.

Morán beijou-lhe os dedos, os traços dela se distenderam naquela suavidade sem defesa e doce da mulher que, do alto, vê o homem que ama curvado sobre suas mãos.

E então bruscamente:

– Vai, vai, ele está vindo!

Morán olhou e viu um homem alto parado na porta do escritório. Ao afastar-se da janela, ouviu os passos de Pablo – só podia ser ele – que o seguiam.

O primeiro impulso de Morán foi cruzar a picada em três saltos e entrar no mato. Antes de fazê-lo, contudo, pôde avaliar todas as conseqüências de uma fuga. Magdalena estivera a conversar com alguém: negar era impossível. Mas com quem? Pablo não podia saber. Se Morán não fosse claramente reconhecido, Pablo poderia supor que Magdalena falava com outro, um peão, talvez. E só de pensar nesse sacrilégio, Morán se entregou. Continuou costeando o mato, sempre seguido por Pablo, ambos à espera de um relâmpago mais demorado que permitisse o reconhecimento. E assim aconteceu. Pablo parou. Morán, agora mais tranqüilo, entrou no mato.

XX

Acabava Morán de levantar-se, na madrugada do outro dia, quando, à meia luz da aurora, viu chegar a negrinha Adelfa. Trazia uma folha de papel arrancada de uma caderneta.

Pablo nos viu ontem à noite. Passei a noite em desespero. Pablo sentiu-se mal do coração, mamãe estava como louca, Marta e Lucía choravam. Se não te amasse tanto, não sei como teria suportado tanta dor. Mas fica tranqüilo. Confia na tua Magda. Quando puder te escreverei de novo, mas não sei se será possível. Mamãe deu ordens severíssimas a todos. Não te inquieta. Tem paciência e venceremos.

Morán respondeu. Às dez chegava outra carta, não pela negrinha, que os Iñíguez tinham seguido e obrigado a confessar, mas por um peão do estabelecimento. Magdalena informava sobre a tremenda excitação que reinava em toda a casa, recomendando outra vez que ficasse tranqüilo.

E chegou outra carta ainda, ao anoitecer, pela velha das mandiocas, pois o peão também fora descoberto e, na mesma hora, despedido.

Durante três dias, Morán não deixou de receber notícias nas horas mais inesperadas. Os mensageiros se sucediam, um atrás do outro, todos comprados pela menina Magdalena, e todos eles logo descobertos. Morán chegou a achar graça da astúcia diabólica de que se valia aquela virgem para comunicar-se com ele.

Escusado é dizer que Morán cruzava e recruzava a estrada, de *sulky**, a cavalo, a pé, com a esperança sempre frustrada de ver seu amor. Não sofria excessivamente por isso, a revelação do amor de Magdalena era demasiado recente e o mantinha embriagado. Com seus 17 anos, ela lhe dava conselhos de serenidade! Logo a ele! "Não te inquieta... Fica tranqüilo..."

A sinceridade, a cordura, a profunda inconsciência de um ser puro alimentavam o amor daquela criança. Como não haveria de amá-la? Como não haveria de sentir-se grato ao destino por semelhante privilégio? Sua pequena Magda! E como eram profundas, misteriosas, as leis do destino: um homem como ele, de caráter duro e sofrido, era o homem que Magdalena escolhera para oferecer sua pureza e sua fervorosa fé no amor!

---

* Carro leve de duas rodas, puxado por um cavalo, com lugar para uma só pessoa. (N.T.)

XXI

Causou assombro em Iviraromí que Salvador e Morán já não se falassem, limitando-se a breves cumprimentos. Esse fato, somado à lembrança do lugar preferencial que ocupava Morán no afeto dos Iñíguez, e também aos mexericos dos criados, fez com que todos soubessem da tormenta que se desencadeara sobre a casa dos peruanos.

Inés Ekdal foi uma das primeiras a saber da mudança. Morán, de resto, confiou-se inteiramente a ela.

– Como fico contente – disse Inés. – Seria horrível que uma criatura como Magdalena tivesse de passar o resto da vida sufocada por essa gente. Imagina só o ódio que deve estar sentindo da mãe! Tu, Morán, pensavas dissimular o que sentias quando estavas com Magdalena. Mas sem querer revelavas tudo, como uma criança. E agora, o que vais fazer?

– Não sei. O que sei é que me sinto profundamente ligado a ela. E não imagino o que possa nos separar.

– Bem, quanto aos sentimentos dela não tenho dúvida. Não me disse nada, mas eu sei. Mas como vocês vão se comunicar?

Morán contou-lhe do desfile de mensageiros, todos eles sucessivamente interceptados. E que na casa dos Iñíguez, desde o dia anterior, havia ordens terminantes de não se permitir que nenhum estranho se aproximasse de Magdalena.

– Terei de descobrir uma saída. Até amanhã, Inés. À noite passarei aqui para uma rápida visita.

– Até amanhã. Sabes de uma coisa? Dás a impressão de não ter mais do que 20 anos...

Morán sorriu.

– Graças a Deus.

XXII

Preocupado com a falta de comunicação que os ameaçava, Morán imaginou um meio de resolver o problema: um pedaço de pau qualquer, alisado e sujo até adquirir o aspecto inofensivo daqueles paus que se encontravam pelo chão em todos os lugares, e muito mais na quinta dos Iñiguez, que era lindeira com o mato. A diferença era que estaria furado, oco, e poderia conter uma carta enrolada. Um pouco de barro nas extremidades completaria seu trivial aspecto. Também estudou as madeiras que mais se adequavam e escolheu o tartago.*

Naquela mesma tarde chegava a última carta de Magdalena, através de outro mensageiro totalmente inesperado. Morán respondeu, indicando o moirão da cerca em cuja base, à noite, deixaria o tubo (convinha chamá-lo assim), e avisando que o recolheria na noite seguinte com a resposta.

Pensou também num gesto, numa palavra conveniente que, pronunciada diante de Magdalena, indicasse a presença de um aliado. Planejou um modo de lhe escrever, aos cuidados da própria família: petitórios dirigidos à senhora por uma pobre mulher qualquer, cujo sentido oculto Magdalena decifraria. Imaginou ainda a figura de um limão impressa no dorso de uma carta supostamente circular, estudando minuciosamente tal procedimento, de modo que a carta parecesse vinda de Buenos Aires, de Lima ou do fim do mundo, e chegou a resolver satisfatoriamente as dificuldades do caso**. Depois foi descansar, tranqüilo: se seu coração tinha 20 anos, seu espírito os cumpriria já fazia muito tempo.

---

* Planta euforbiácea de sementes laxantes, também conhecida como catapúcia ou látire, conf. *Dicionário Brasileiro de Língua Portuguesa* (Mirador). (N.T.)

** A idéia toda é um tanto obscura. PR

– Conheces a última dos Iñíguez? – perguntou Ekdal a Morán, à noite.

– Não, mas não me surpreenderia se tivesse algo a ver com Pablo e seu revólver.

Aludia ao costume aristocrático de Pablo de encostar o revólver na cabeça de um peão, quando o pobre se equivocava ao fazer o transplante de um pezinho de erva.

Agora, no entanto, era Salvador. Decidindo, pela primeira vez, usar a enxada para carpir as veredas do erval, e alegando desconhecer a dimensão e, por isso mesmo, o custo do trabalho, fixara um preço irrisório: algo em torno de 15 pesos por hectare. Os peões ficaram desanimados e Salvador conversara com eles, um por um, do alto do cavalo.

– Vamos fazer uma experiência. Se vocês perderem, será só por esta vez. Teremos serviço de enxada por muitos anos e então o preço será outro.

Tal argumento, reforçado pela elegância do patrão, sempre de luvas, convencera os peões.

Esse serviço de enxada, na época, não custava menos do que 40 pesos por hectare. Os peões ganharam em fome e miséria da família o que haviam perdido no trabalho. Fora apenas uma experiência, claro, mas Salvador, satisfeitíssimo consigo mesmo, economizara quatro ou cinco mil pesos nos gastos do estabelecimento.

– Ouvi essa história do próprio Salvador – disse Ekdal. – Ele se vangloriava de sua esperteza. Gostaria de saber de que espécie são os deuses que velam pela alma desse rapaz.

– Esses nós já conhecemos – disse Morán –, mas há outros deuses que em seguida vão mostrar serviço. Conheces o erval de Menheir, reputado como o melhor de Misiones?

– Não, mas gostaria de conhecê-lo.

– Qualquer dia iremos juntos até lá. A plantação de Menheir, extraordinariamente luxuriosa há cinco anos, próspera ainda hoje, será um desastre dentro de dez anos. Para preparar esse desastre velam outros deuses dos Iñíguez. Outro dia falaremos sobre esse assunto.

– Isso mesmo, deixem a erva em paz – apoiou Inés. – Viste Magdalena, Morán?

– Não. Não duvido que a mantenham presa.

– Enquanto todos rezam... Só há uma coisa que não gosto em Magdalena: seu fanatismo.

– Magdalena não é fanática.

– Por Deus e pela Virgem, não, mas pela mãe, sim, pela família, pelos costumes que decorrem da falta de cultura dessa gente. Magdalena é a criatura mais santa que até hoje conheci. No entanto, eu não ficaria muito contente de te ver casado com ela.

– Por quê?

– És um deus para ela, mas a mãe é outro deus. Cuidado, Morán.

Morán ficou pensativo. Não era a primeira vez que aquele conflito acudia à sua mente. Se para Magdalena, como dizia Inés, ele era um deus, para a senhora ele era um diabo, sem metáfora. Por seu temperamento, por sua áspera liberdade, por sua cultura, por sua falta de crenças, Morán encarnava, para a mãe, a ciência e a perdição atéias. Isto é, o Inferno. Como amigo, pudera gozar do favor da fanática dama. Mas era coisa muito diferente ser admitido na família e, assim, condenar as almas de todos. Isto quanto à senhora. Já os filhotes de águia viam em Morán a ameaça de um cunhado que jamais se submeteria às suas vontades.

– Sim – disse ele –, também já pensei nisso. Mas há motivos superiores...

– Não poderias viver sem ela? É isto?

– Ou, ao menos, sem esperança de que fosse minha. Tens idéia do que seja alguém entrever a redenção de si próprio e de todos os desalentos que se abatem sobre sua vida? Assim é Magdalena para mim.

– E tu, para ela, és o ideal e o sentido de sua vocação.

– Acredito que sim. Mas se Magdalena fosse inteligente, a metade do que és, Inés, não me amaria como me ama.

– Certíssimo, Morán – e a jovem pôs-se a rir. – Por sorte, o coração e a vida de Magdalena são inteiramente teus. Acho mesmo que desde que nasceu. Acreditas no destino, Morán?

Os traços do rosto dele se tornaram mais marcados.

– Se não acreditasse, já teria me afastado do caminho dela.

Das jaulas do zôo surgiu Ekdal com um quati debaixo do braço. No outro, uma cobra pendurada pela cola.

– Quando tiveres um tempo para mim – disse a Morán –, vamos estudar a resistência do quati ao veneno da cobra. Uma hora atrás fiz com que este fosse mordido pela jararaca que aqui está. E ele está tão bem quanto eu e tu.

– Com prazer, Ekdal, quando eu estiver mais tranqüilo. Nos dias que correm as cobras estão me assustando.

– Isso porque estás construindo teu paraíso – disse Inés, e riu, lançando para trás, como era seu costume, a formosa testa.

XXIII

A correspondência clandestina prosseguia sem tropeços, e assim Morán mantinha-se a par da atmosfera na casa dos Iñíguez. Por causa da severa vigilância, não podia deixar seu tubo ao pé do moirão durante o dia. Levantava-se, então, às três da manhã, e nas mais negras trevas que se podem deparar nas noites de temporal ia quase às cegas depositar sua carta, certificando-se do caminho tão-só pelo chapinhar de seus pés no barro.

Ainda que tivesse o dom de acordar na hora em que quisesse, sem errar um minuto, Morán passou uma manhã na oficina consertando seu velho despertador. E produzia singular efeito, naquelas altas horas e naquele remoto esconso do mato, ouvir a estridente campainha e logo ver sair um homem da seriedade de Morán, com o capote escorrendo água, levando um tubinho com uma terna carta de amor.

Nem sempre encontrava resposta. Más horas aquelas, como as de certa noite em que, com o tornozelo inchado e dolorido, foi até a casa dos Iñíguez em vão e regressou mancando horrivelmente, com uma cara que as meninas de Aureliana jamais gostariam de ver. Mas não paravam aí suas vicissitudes: mais de uma vez deteve-se à janela de seu idílio, com a louca esperança de que Magdalena aparecesse. Não a viu nunca. Em troca, ouviu o murmúrio entoado com que a senhora e suas filhas, todas as noites, rezavam o terço.

"Inés tem razão", dizia-se, "a religião não tocou o coração de Magda, mas sepultou sua vontade. No dia em que tiver de se decidir entre a mãe e eu, estou perdido."

Em breve veria seu temor em parte confirmado.

Uma manhã chegou Adelfa com duas cartas de Magdalena. Numa delas, anunciava que dentro de um instante teria de lhe escrever por imposição da mãe. Na outra, pedia devolução de toda a correspondência e se despedia dele para sempre. Sem dizer palavra, Morán entregou as cartas, numa pilha desordenada.

Apesar da advertência prévia de Magdalena, sentiu-se desgostoso. A religião a esmagava e já lhe impusera um duplo jogo: enganar sua mãe com ele e a ambos com sua consciência.

– Tinhas razão – disse Morán naquela noite a Inés, depois de colocá-la a par das novidades.

– Vamos para fora – sugeriu a moça.

Evitando a umidade, foram sentar-se no meio do caminho aberto pelas rodas dos carros, que naqueles dias transportavam galhos verdes da erva.

– Não é essa a questão – disse Inés. – Magdalena ainda não teve chance de trazer à luz sua personalidade. A primeira dificuldade a toma de surpresa. Deixa que se acostume à luta, ainda que seja vencida no começo.

– Mas foste tu mesma que receaste por mim...

– E continuo receando. Mas experimenta nos dar, a mim e a ela, a oportunidade de provar. Entre vocês, latinos, é tão obscura e perigosa a educação da mulher... – e olhando Morán nos olhos, acrescentou: – Te dás conta de como é grande o medo da senhora, levando-a a seqüestrar a filha?

– Acho que sim.

– Um instinto de paixão e sacrifício como o de Magdalena, no ambiente em que se desenvolveu, resistindo violentamente à deformação, não conhece ao lado do homem amado outro lugar senão seus braços. Queres saber o que eu fazia quinze dias antes de me casar? Passava três dias com Halvard, nós dois sozinhos, numa excursão de verão.

– Não creio que a mãe dela consentisse...

– Nem ela nem ninguém, com essa religião latina.

– É o sangue, Inés.

– Não, é a religião. Aqui, a primeira coisa que se nota nas mulheres é a abolição do senso de responsabilidade, que se dissolve na hipocrisia. Educa tua Magda. Podes fazer dela uma grande mulher. Se para a mãe és um diabo, para a filha és um deus... um deus para salvar.

– Assim fosse – disse Morán, mal-humorado.

– Vamos, Morán! Não vês que esse conformismo também é religioso?

Morán não respondeu. Via em sonhos sua Magda criada em outro ambiente, educada de outra maneira. Que felicidade, então, teria sido a sua, com o estímulo dela! E que doçura de compreensão e descanso para sua mente, sob as mãos de uma mulherzinha como ela! Reeducá-la... Inés dizia bem. Magdalena tinha apenas dezessete anos! Bruscamente, passou do desalento mais negro à mais clara esperança.

— Inés — e tomou-lhe as duas mãos —, que defeitos tens?

— Eu? Estou cheia deles. Só que não percebes... por causa de teu sangue e de tua educação latina.

— Eu não sou latino.

— Isso é o que pensas. És latino até a medula. Vamos voltar – disse ela, recolhendo a cadeirinha de vime. – Está esfriando bastante.

Em casa, Ekdal trabalhava. Morán se retirou pouco depois, levando de sua conversa com Inês um mundo de ilusões.

XXIV

Uma semana depois, exasperados pela resistência de Magdalena, os Iñiguez a levaram para Buenos Aires. Morán soube um dia depois, pela própria Magdalena.

Fica tranqüilo, poderão fazer de mim o que quiserem, mas nunca conseguirão que deixe de te amar. Foi isso que eu disse para mamãe. Não me escreve. Eu o farei por todos os correios que vierem, e se chegar um sem que recebas carta, podes ficar certo de que morri, mas de que não te esqueci. Tem confiança na tua Magda, querido, e não te preocupa. Logo voltarei e seremos felizes.

Nessa noite, Morán fez de tudo para ver Magdalena. Montou guarda na janela até altas horas, desejando em desespero vê-la e beijar-lhe as mãos. Uma só vez a avistou, passando na penumbra. A vigilância devia ser extrema para que ela não parasse um instante junto à grade. E ante a idéia de que a família inteira estava à espreita, os olhos e o rosto de Morán se ensombreceram com seus mais duros traços de batalha. Lembrou a palidez de Pablo, no dia seguinte à noite em que fora surpreendido por ele, parando-o no meio da estrada para lhe devolver um mapa em nome de Salvador. E sentiu, ao mesmo tempo, como era profundo, tenaz, triunfante, seu amor pelo rebento puro e passional daquela velha árvore de misérias, cálculos e fanatismo.

Da janela da oficina, viu passar o *break* levando ao porto a senhora de Iñíguez e as duas filhas, acompanhadas de Salvador. Seguiu com os olhos o carro que descia o caminho, perdendo-se atrás da curva do mato e reaparecendo por instantes, cada vez mais longe, em duas falhas do arvoredo. Viu partir o vaporzinho, viu-o desaparecer atrás dos areais que cercavam a costa alcantilada, e ficou sozinho, imóvel, mergulhado numa doce melancolia.

XXV

A agência dos correios de Ivíraromí, na época, pertencia um pouco a todos. Eram os plantadores que retiravam dos malotes suas correspondências urgentes. Desde algum tempo antes, Morán tivera o cuidado de chegar sempre cedo à agência, quando os sacos ainda não tinham sido abertos. Ajudava na distribuição, o que lhe permitia escamotear todas as cartas de Magdalena dirigidas aos seus irmãos, mas que traziam o endereço sublinhado. Tais cartas estavam escritas como se fossem para o destinatário oficial, e se tivessem chegado a tais mãos nada teria sido descoberto. Mas Morán sabia que eram dirigidas a ele mesmo, tinham sido escritas com o pensamento nele, com detalhes e expressões para ele – e isso lhe bastava. Chegavam, claro, outras cartas de Magdalena, mas estas, sem endereço sublinhado, Morán deixava que seguissem para os destinatários.

XXVI

Morán aproveitou este mês para fazer alguns trabalhos que negligenciara. Antes de qualquer coisa, promoveu uma limpeza em seu erval, por considerar que os dois anos em que abandonara as plantas às suas próprias forças eram suficiente descanso.

A opinião de Morán sobre o cultivo da erva-mate, tal como era praticado, não era muito otimista. Entendia que estavam forçando as tenras plantinhas a crescer, a assumir rapidamente proporções que, na verdade, podiam alcançar em seu desenvolvimento natural, sem pressa, passo a passo, evitando perigos incidentais, acostumando-se à luta pela sobrevivência, adquirindo a sabedoria da natureza, a fim de chegar mais tarde às grandes lutas da seca e do sol com o organismo adaptado, suficiente e enxuto.

As novas plantações prosperavam, sem dúvida, e o viço extraordinário das jovens plantas conquistava os compradores. Mas aquela exuberância só era obtida à custa de excessivas exigências, tirando-se das plantas, em oito ou dez anos, as reservas de toda a sua existência.

Morán já havia observado, em plantações de apenas 12 anos, ervas que, pelo tronco achaparrado, pelas deformações, pelos cânceres nos nós, pela perda da casca, pelos tecidos necrosados, apresentavam todos os sintomas da decrepitude. Em apenas dois lustros de sol, de insensata remoção de terra, de podas estimulantes e exaustivas, uma árvore de crescimento cauteloso, destinada a viver 100 anos, fora transformada num arbusto rugoso, a deteriorar-se de senectude aos 12 anos.

Os ervais da região sul, plantados na mísera terra do campo aberto, eram os porta-estandartes desse exuberante desenvolvimento infantil. De momento, plantações desse tipo produziam fartas colheitas, mas Morán se perguntava, com pessimismo, o que restaria em breves anos daqueles ervais ferozmente exigidos e pessimamente alimentados.

Em Iviraromí as condições variavam, pois a terra de mato e suas grandes reservas de troncos caídos no próprio erval garantiam por longos anos a nutrição das plantas. No entanto, enquanto se continuasse a asfixiar a erva à razão de mil pés por hectare, a estimular o viço através da poda, a exaurir as plantas pelo esforço da reposição, enquanto se arrancasse sistematicamente a própria vida delas, vale dizer, suas folhas, sem deixar que uma só viesse ao chão para tonificar a terra cansada e faminta, Morán duvidava de que as infinitas pragas típicas do esgotamento permitissem que algum erval viesse a alcançar os trinta anos de vida.*

– Esses são os deuses que velam pelo futuro do jovem Salvador – dizia Morán a Ekdal, enquanto conversavam sobre a matéria. – Se lhe dissermos para não forçar as plantas, rirá do mesmo jeito que riu Pablo, quando o aconselhaste a prevenir as epidemias.

Numa dessas tardes, estando Morán em seu erval, chamou-o um assobio de Inés, que da orla do mato abanava para ele, sorrindo. Estava a cavalo, junto do alambrado, com seus trajes de mocinha do *far-west*.

– Bom dia, Morán. Já estás indo embora?

– Não.

– Então espera um pouco, quero dar uma olhada no teu famoso erval.

Com jovial desenvoltura desceu do cavalo, passou sem dificuldade pelo arame farpado e ultrapassou aos saltos os grandes troncos caídos.

– Ufa, há troncos demais em tua plantação. Bem, agora me explica o que tens feito.

Morán mostrou as plantas, chamando a atenção de Inés para os caules.

– Muito bem formados. Mas não são finos demais para a idade? Já vi outros mais grossos...

---

* Quiroga escreveu dois artigos sobre o cultivo da erva-mate, que conhecia bem, pois o praticava desde 1911, e neles desenvolve, com mais detalhes, as idéias que aqui condensa. Num deles há interessantes referências à aplicação de cal viva em plantas de dez dias, como também ocorre na novela. PR

– Sim, como são mais grossas as pessoas obesas. Minhas plantas são saudáveis.

E para se fazer entender melhor, confiou a Inés as razões que possuía para estar satisfeito com seu erval.

– Entendo – disse ela. – Mas me parece que encaras isso tudo de um ponto de vista muito pessoal. Estás fazendo filosofia, não agricultura.

– Eu? Não, é que sou agricultor, não comerciante.

– Os Iñíguez, acho eu, apenas querem obter rapidamente o rendimento de seu dinheiro.

– Eu também quero. Mas trato minhas plantas com carinho. Quando Salvador estava derrubando mil hectares de mato para destapar o erval, disse-lhe que respeitasse as palmeiras, cinco ou seis por hectare não lhe tirariam o sol. Ele respondeu que as palmeiras podiam ser bonitas, mas não rendiam um centavo, e que mais valia uma folhinha de erva do que aqueles penachos inúteis. Sabes no que gastará Salvador, quando fizer fortuna com seu erval? Na reposição, por alto custo, e sob o pretexto de decoração artística, das palmeiras que cortou. Arte, os Iñíguez! Mas assim é o mundo.

Inés calou-se por instantes.

– Tenho a impressão – disse, por fim – que eles procedem como é devido num negócio...

– E de acordo – cortou Morán, ao mesmo tempo em que atirava um pedaço de pau num tucano que passava voando – com as leis biológicas tão caras a Inés Ekdal...

– És um bobo, Morán...

– E tu estás longe de sê-lo, Inesita...

Puseram-se a rir e voltaram juntos, a passo, pelo caminho, que ali subia entre duas muralhas de mato, ela silenciosa, a cavalo, ele a pé ao seu lado, com a camisa encharcada de suor.

XXVII

Quase no fim daquele mês, Morán foi avisado por Aureliana da presença de duas mulheres no portão.

– O que elas querem?

– Folhas de eucalipto. São as Hontou.

Morán largou a ferramenta que estava usando. De fato, eram Eduvigis e Alicia.

– E então, Dom Morán – disse Eduvigis. Faltavam-lhe dois dentes, mas ela escondia muito bem a falha, sorrindo de lábios fechados. – Nós também queremos folhas de eucalipto. Por que não tens ido lá em casa?

– Ando muito ocupado.

– Ocupado mesmo? – e ela piscou o olho. – Bem, vou colher umas folhas, se me permite...

Alicia e Morán ficaram a sós. A moça o olhou por um longo momento.

– Eu estava te esperando, Máximo...

– Ando muito ocupado – repetiu.

Alicia semicerrou os olhos, voltando a cabeça para o lado. Ao vê-la com o corpo de frente e o rosto de perfil, Morán tornou a sentir o frêmito do desejo que, sem querer, ela sempre despertara nele.

– Estão altos os ramos? – perguntou a Eduvigis. – Queres que te ajude?

– Não, obrigada, já colhi o suficiente.

Alicia voltou-se outra vez para Morán, com um débil e sofrido sorriso.

– Não me queres mais?

– Claro que quero – ele rugiu, já incapaz de conter-se.

Se nesse instante a imagem de Magdalena aparecesse diante dos olhos de Morán, ele não a teria visto, encoberta pelo fulgor de felicidade, de alívio, de dor recompensada que os olhos de Alicia irradiavam.

– Quando vais me ver?

– Hoje mesmo – ele murmurou.

Eduvigis já chegava e estendia-lhe a mão.

– Então... esperamos vê-lo logo, Dom Morán.

– Certamente.

"Até a noite", disseram os olhos de Alicia.

"Sim, meu desejo", garantiram os dele.

Mas Morán não foi. Há sacrifícios da carne que só um homem é capaz de entender.

XXVIII

Com seu erval em forma, Morán pensou em construir uma quinta canoa, pois as duas primeiras jaziam no fundo do Paraná e as duas últimas tinham desaparecido durante a noite, deixando na praia tão-só um pedaço de corrente cortado a machado. Planejou e desenhou o fundo e as guardas de acordo com as inovações descobertas no uso de dirigíveis e lanchas de carreira, e até pôde contar com o auxílio de Ekdal, que apareceu em certa manhã com cinco filhotes de furão nos bolsos de sua roupa branca, e depois, numa tarde, apareceu de novo com sua mochila de geólogo, para examinar as pedras de ferro mangânico que as meninas de Aureliana usavam para quebrar cocos. Ekdal não entendia muito de fazer canoas, e pouco de remar, mas prometia acompanhar Morán em suas aventuras pelo rio, planos que, enfim, não chegaram a se concretizar.

A construção de uma canoa por um só homem é tarefa demorada. Durante 15 dias Morán não saiu de casa, nem mesmo à noite. Em troca, Ekdal e Inés foram duas ou três vezes tomar chá com ele, sem que Aureliana precisasse se preocupar com nada além da água fervida: Inés preparava o chá e provia a mesa de biscoitos feitos por ela mesma.

Na última tarde:

– Sabes que Magdalena chega na próxima semana? – perguntou Inés a Morán.

– Sei.

– Imagino que, para ti, o tempo custe a passar.

– Não. Estou tranqüilo.

– Pode ser que Halvard volte com elas de Posadas. Ele vai até lá segunda-feira.

– Se precisares qualquer coisa de Posadas... – ofereceu-se Ekdal.

– Obrigado. Nos veremos antes.

– Amanhã? – sugeriu Inés. – Por que não amanhã? São espantosos esses homens com suas canoas.

– Está bem, amanhã.

Morán ficou só, torcendo para trás seus dedos ancilosados pela pressão constante das ferramentas. E logo voltou à oficina.

XXIX

Ekdal, na segunda-feira, tinha ido a Posadas, e na quarta-feira a canoa estava pronta: calafetada, lixada e pintada. Satisfeito com sua obra, à noite Morán foi ao bar. Chegou a passar pela casa de Ekdal, para cumprimentar Inés, mas desistiu, não queria dar lugar a falatórios, por causa da ausência do marido. Alegrou-se, contudo, no dia seguinte, ao ver chegar Inés, a cavalo, retribuindo a visita frustrada.

– Ontem à noite ouvi teus passos. Quando saí, tinhas sumido.

– Achei melhor...

– Foi o que imaginei. Tu e teus compatriotas sul-americanos... Fizeste bem, claro, do teu ponto de vista. Mas eu sou diferente, Morán, e aqui estou para te visitar.

Saltou do cavalo, mais uma vez encantada com a paisagem que se descortinava da casa do amigo.

– Quando comprei esta meseta – explicou Morán – e a porção de mato que ali vês, todo mundo achou graça, porque aqui, tirando a linda vista, só havia pedras. "Se não tivéssemos visto como ele trabalha", diziam em Iviraromí, "pensaríamos que Morán é um poeta. Quem, senão ele, daria mil pesos por aqueles páramos?" Agora todo mundo quer minhas pedras para construir, e de graça, porque são pedras. Montserier, que não quis pagar 900 pesos por esta mesma terra, indispensável para unir num só bloco seus dois mil hectares, esteve aqui no mês passado. Disse que qualquer dia será obrigado a comprar minha propriedade para dar à sua mulher, por causa da vista do rio... Inés, não tens hora certa para comer, tens?

– Não, não tenho – riu-se a jovem, mostrando sua fresca e sã dentadura.

– Então Aureliana vai nos servir o que tiver.

Morán apenas tomou café, mas Inés comeu alegre e fartamente.

Três dias depois a visita se repetia, e no quarto dia chegavam a Iviraromí, de lancha, a família Iñíguez e Ekdal.

XXX

Na mesma noite da chegada, Morán montou guarda na janela até a meia-noite, mas Magdalena não apareceu.

Num dia anterior à sua partida, Magdalena pedira a Morán que deixasse os tubos ao pé do último moirão da quinta, a cinqüenta metros da casa. Ele nunca soube como Magdalena, naquela atmosfera inquisitorial, conseguia ir caminhando até lá, como se abaixava sem despertar suspeitas e como escondia os tubos, depois de recolhidos. Alguns deles eram bem grossos, Morán não escrevia com brevidade à sua amada.

Voltando Magdalena, Morán passou a deixar suas cartas entre oito e nove da noite, ao mesmo tempo em que recolhia as respostas. Escreviam-se todos os dias. Morán lia a carta no bar, escondida em sua caderneta de fórmulas e apontamentos, e ali mesmo, isolado numa mesinha, escrevia a nova carta. Não raro desconfiava de que, lendo e escrevendo no bar, noite atrás de noite, talvez estivesse a intrigar os freqüentadores, entre os quais se contavam, às vezes, Pablo e Salvador. Mas estes – pensava – dificilmente descobririam os secretos caminhos de sua correspondência. Quanto aos demais, não se preocupava com o que pudessem pensar.

Uma noite, ao abrir uma carta, Morán ficou imóvel. Magdalena, convencida de que ele a enganava com Inés Ekdal, dava tudo por terminado. "Custei a me convencer. Preferia morrer a acreditar nisso. Agora não tem mais remédio."

Morán impressionou-se vivamente com o que estava por trás daquele rompimento. Os ciúmes tinham sido inoculados por familiares, sem dúvida, mas aquilo provava uma vez mais a influência fatal que a família continuava a exercer sobre o coração puro e o espírito débil da filha menor. Ah, libertá-la deles, reeducá-la, transformar em alto e claro juízo o último preconceito que maculasse sua bondade... Mas como fazê-lo, se ela estava submetida à tortura diária da insídia, da espionagem, do desprezo, do inferno?

Naquela noite não escreveu no bar. Saiu sozinho e, pelas picadas lôbregas, foi até o rio branco de lua. Quando chegou em casa, mortificado, amargo, ouviu dentro de si a voz de Inés, que dizia: "Ajuda-a a lutar, Morán".

Bruscamente, como costuma ocorrer com as dores criadas pelo próprio coração e que vão-se acumulando, sem descanso, para afogar uma luz que não se quer ver surgir, Morán passou da descrença mais exasperante à mais cândida fé. Escreveu mentalmente, quase palavra por palavra, a carta que enviaria no dia seguinte. E dormiu feliz.

XXXI

Morán enviou a carta e não obteve resposta. Escreveu outra, e outra mais, sem que sua mão nervosa encontrasse, ao pé do moirão, algo mais do que o pasto úmido. Tampouco conseguia ver Magdalena. Inés, que estava a par da situação – mas não do motivo –, comentou:

– Estou estranhando o comportamento dos Iñíguez. Ontem passaram por aqui, me cumprimentaram, mas não se aproximaram.

– Como está Magdalena?

– Parece pior. Não tem aspecto feliz. Pobre criança! Precisas ser tolerante, Morán. Não deves julgá-la sem saber o que está acontecendo. Ela está sozinha, sem sequer te ver, hostilizada dia e noite, e muito provavelmente sendo enganada.

E depois de uma pausa:

– Não tens por aí alguma distração que possa ter chegado aos ouvidos dela? Se bem me lembro, houve uma noite em que estavas com uma das meninas Hontou...

– Não as vejo faz tempo.

– Melhor. Não terias perdão, estando comprometido com Magdalena.

– Até amanhã – disse Morán, bruscamente. – Não estou me sentindo bem.

Tampouco viu Magdalena ao voltar. E às oito da noite estava outra vez com Alicia.

Como em outras ocasiões, rolaram da alma de Morán, para Alicia, toda a ternura, toda a paixão que estavam reservadas para Magdalena. A moça, arrebatada, fechava os olhos. E mesmo sabendo que as flechas amorosas tinham outro alvo, expunha o enlevado coração, porque era Morán quem as lançava.

Nas cinco noites que se seguiram, Morán não faltou uma só vez. Também como em encontros passados, a excitação se expressou na mesma linguagem do amor. E Alicia, paradoxalmente, só encontrava forças para resistir em sua própria felicidade.

"Daria qualquer coisa para que me quisesses menos", dizia-se Morán, com seus cinco sentidos confluentes e aguçados num só desejo. E ante o rugido da fera que a extenuava até o martírio, Alicia reagia:

– Não, não, Máximo. Eu te amo, sabes bem, mas assim não, assim não quero...

Dona Asunción passava às vezes por ali e, ao vê-los juntos, sorria, encantada:

– Case com essa menina, Dom Morán. Alicia vai ser uma boa esposa.

O olhar de Alicia, atento e triste, procurava o de Morán. Mas Morán, ainda que ardesse de desejo, não queria enganá-la, prometendo o que não podia cumprir. De outra parte, o despeito que o levava à casa de Alicia começava a abandoná-lo. Na quinta noite ele se retirou abatido e com os nervos despedaçados: como os cães de matilha, os sentidos não satisfeitos roem até o osso. Não voltaria mais. Nada disse a Alicia, mas ela adivinhou:

– Não vais voltar, amas ainda outra pessoa.

Ele não respondeu. Alicia, ao sentir sua mão quase solta na de Morán, continuou:

– Sou uma pobre moça e nada posso pretender. Mas juro, por Deus, que nem a Iñíguez nem ninguém vai te amar como te amo. E no dia em que...

Voltou o rosto e levou a mão à boca para abafar um soluço.

XXXII

Morán não voltou, pois a carta de Magdalena – enfim! – enlouqueceu-o de contentamento. Com nenhuma outra mulher Morán teria demonstrado a terna paciência de que deu provas naqueles tristonhos dias. Para sua Magda – aquela criança de 17 anos que lhe dissera: "Tu sofreste demais na vida, agora precisas ser feliz" –, para aquela virgem que era sua, que lhe pertencia de corpo e alma, embora ainda não tivesse sido sua concretamente, a impaciência primordial de Morán se transformava em grave contemplação e suavíssima esperança.

Eram felizes de novo, ainda que o amor estivesse sendo submetido a testes cada vez mais duros. Tinham de valer-se de espertezas que, sendo nele aceitáveis, nela se manifestavam como uma revelação.

Numa tarde em que Morán, a cavalo, passou diante da casa, viu Pablo e um dos negros recorrendo o alambrado e observando atentamente o chão. À noite, quando Morán ia atravessar a picada para deixar sua carta, deteve-se: do saguão, Pablo esquadrinhava a orla do mato.

No lugar onde estava, Morán não podia ser visto. Pablo avançou rente à casa e em seguida ao longo do alambrado, sem afastar os olhos da picada. Sem dúvida, suspeitava da presença do outro.

Morán não se movia, protegido pelas sombras do mato. Mas viu-se obrigado a mudar de tática quando Pablo, convencido de que dali não podia ver o inimigo, avançou até o meio da picada, abaixando-se para distinguir a silhueta de Morán contra o céu mais claro. Por várias vezes repetiu o estranho movimento, deitando-se no chão e logo se levantando, e Morán, para não ser visto, fez a mesma coisa.

Não entrava nos cálculos de Pablo aproximar-se do suspeito: desejava apenas comprovar sua presença. Decepcionado, entrou em casa. Morán, ainda agitado com aquela caçada imprevista, foi embora, com planos de voltar mais tarde. Assobiava alegremente enquanto atravessava o mato, mantendo-se na trilha graças aos repentinos relâmpagos de sua lanterna.

XXXIII

Aconteceu, por fim, o que a qualquer momento podia acontecer: Magdalena foi surpreendida recolhendo um tubo. Morán soube em seguida, pela presença em sua casa da pessoa mais insuspeita – para os Iñíguez e para ele mesmo – de prestar-se a uma intriga assim. O visitante deixou sobre a mesa, como por esquecimento, uma carta de Magdalena que dizia:

Nos descobriram. O que faremos? Impossível deixar os tubos naquele lugar. Não poderei passear mais pelo alambrado. Que tormento, meu amor! Não posso escrever mais. Mas não te desespera, meu querido.

Como ela pedia – ou impunha –, Morán permaneceu tranqüilo. Mas quando, seis dias depois, caminhando com Ekdal pela estrada, viu a senhora de Iñíguez e as duas filhas, que olhavam o crepúsculo com os cotovelos apoiados no alambrado, deixou Ekdal surpreso ao fazer um inesperado relato, sem antecedentes que o justificassem:

– Então aconteceu o que era de esperar, pois não ignoras a maneira de ser de Berthelot. Pegou o tubo de ensaio e o lançou ali mesmo, na estrada, deixando estupefatos os presentes.

Já ultrapassavam as três mulheres e Morán se calou. Ekdal ainda o olhava e ele riu. Ninguém entendera uma só palavra daquele breve relato do gesto do tal Berthelot. Mas Morán sabia que Magdalena tinha compreendido.

De fato, indo de noite, a cavalo, à casa dos Iñíguez, Morán passou a jogar os tubos a cem metros do lugar habitual. Magdalena os recolhia no dia seguinte, sem que jamais se soubesse como.

XXXIV

Dia a dia Morán via sua amada avançar pela senda da independência e da vontade. Algo tinha contribuído para isso: os Iñíguez, vendo que não resultava em nada romper com os Ekdal, promoveram a reaproximação. Morán pôs

Inés a par de certos números e palavras cabalísticas que, enunciados como por acaso diante de Magdalena, davam-lhe ciência da cumplicidade do interlocutor. A jovem ficou belamente pálida na tarde em que Inés, falando com seu marido diante dos Iñíguez, contou que havia encontrado "24" ovos de certa cobra... Magdalena, quase espantada, fitou Inés, e esta, quase imperceptivelmente, piscou-lhe um olho.

Quando Inés terminou de contar a Morán sobre a animação em que Magdalena andava agora, ele comentou, entusiasmado:

– Desta vez Magdalena vai ser minha.

– Ela é tua – disse Inés –, mas precisas tê-la.

– Eu a terei.

– Acredito. Ah, Morán, não podes imaginar os tormentos que têm sido impostos a essa pobre criança. É preciso que tenha uma vontade de ferro – essa vontade que, na tua opinião, ela não tem – para resistir à pressão de todos os dias, todas as horas, todos os minutos. Não, violência não. Mas, se fala com um irmão, ele não responde. Se fala com a cunhada, ela não ouve. Se se aproxima da mãe, a mãe começa a chorar. E ninguém diz nada a ela! Sabes muito bem que Magdalena tem veneração pela mãe. Imagina o que significa viver assim, dia após dia, e de noite a chorar na cama... E há no mundo um senhor Morán que aperta os dentes porque Magdalena, rindo, não troca a família por ele...

– Sou um miserável – apoiou Morán.

– Nem tanto. Mas afrouxa os dentes, Morán. Não reprova tanto. Nenhuma mulher, com uma educação como a de Magdalena, teria resistido tanto.

– Tu és um encanto, Inesita.

– E para que sigas pensando que sou mesmo um encanto, te direi que Magdalena te espera depois de amanhã na janela, às nove em ponto. Em algumas noites andaste por lá a cavalo, não é?

– Sim, mas o deixava no mato.
– Ouviram quando ele relinchou.
– Uma vez só.
– Bem, é melhor ir sempre a pé. Já vais embora? Se me deres um chá menos horrível do que aquele da última vez, iremos hoje à tarde à tua casa.
– Vou pendurar Aureliana e suas filhas numa árvore para que aprendam a servir Inesita Ekdal.

XXXV

A entrevista de Morán com Magdalena teve a brevidade de um relâmpago. E o que Morán viu diante de si foi o espectro atravessado de dor de sua Magda, que desde tanto não via. Era, sem dúvida, a mesma e bela criança, mas seu olhar, agora, era demasiado profundo. A própria alegria de vê-lo surgia em seu rosto como um sorriso forçado, inerte, que mal podia vencer o ríctus do constante sofrimento.

– Minha adorada – murmurou Morán, procurando entre as grades os dedos dela e levando-os à boca.

Magdalena, apesar do escasso tempo de que dispunham, sentia-se feliz demais para falar. Retirou, por fim, a mão, e olhando-o, como se olha do fundo de uma dor para um futuro que pode ocultar uma dor maior, perguntou:

– Vais me amar sempre como me amas agora?
– Sim.
– Não vais me abandonar nunca?
– Não, meu amor.
– Era o que eu queria ouvir. Não posso ficar mais. No Moirão da esquina há um buraco que não se vê do lado de dentro. Põe os tubos ali. Agora vai.
– Magda.
– Não, vai!

E a janela se fechou devagar, ao mesmo tempo em que se ouviam passos no interior e Morán, em quatro saltos, internava-se no mato.

XXXVI

– Ekdal – disse Morán, dez dias depois –, tenho o maior interesse em falar com Salvador, e temo que não aceite se eu solicitar o encontro diretamente. Mas acho que não se oporia se tu o convidasses para conversar comigo em tua casa. Poderias me fazer esse favor?

– Com prazer. Quando poderia ser esse encontro?

– Hoje ou amanhã, tanto faz.

– Então amanhã.

Durante o chá que, no dia seguinte, reuniu Salvador e Morán na casa de Ekdal, nem um nem outro deixou transparecer a animosidade que se criara entre ambos. Mas quando, debruçados na mureta do tapir, ficaram a sós, suas expressões se agravaram.

– Eu acredito, Salvador – começou Morán –, que vale a pena conversarmos, por isso pedi esse encontro. Vocês não ignoram os sentimentos que Magdalena e eu temos um pelo outro. Sabem que nada nem ninguém poderá nos separar. Apesar disso, continuam fazendo uma oposição feroz, como se eu fosse o último dos miseráveis...

– Não é isso...

– Um momento. Já me perguntei mil vezes qual o motivo dessa oposição. Considerei uma por uma as razões que vocês podem ter para proceder assim, e não encontrei nenhuma que pudesse ser considerada uma razão de peso. Minha posição, primeiro. Não sou rico, mas também não sou pobre. Vocês não ignoram que posso sustentar uma família e que Magdalena se sentiria feliz com o que posso oferecer...

– Não é isso...

– Meu temperamento: tu mesmo, numa noite em que jantava em tua casa, me defendeste da acusação de ter um caráter inflexível...

– Também não é isso...

– A diferença de idade. É grande, sem dúvida. Mas, por si só, não justificaria uma rejeição tão radical. Minha falta de fé: bem, eu diria que tua mãe...

– Não, não – conseguiu interrompê-lo Salvador –, não é nenhum desses motivos em particular. É o conjunto. Em casa estamos convencidos de que Magdalena jamais seria feliz contigo. Mas ela é livre.

– Livre? Chamas de liberdade a enorme pressão que exercem sobre essa pobre moça?

– Não lhe falamos nada...

– Nisso consiste a pressão. Vive com a família, mas, para vocês, é como se ela não existisse.

– Ela é livre, pode fazer o que quiser.

– Inclusive casar-se?

– Sim.

Morán ficou um momento calado. E logo:

– E o preço dessa liberdade?

– Insiste nessa palavra... Para nós, ela estará morta, só isso. Ela é livre para se casar quando quiser. Tem sua parte na propriedade perfeitamente separada.

Morán, que naquele instante colocara seus óculos de sombra para proteger-se do sol de frente, sorriu:

– Suponho que não estejas querendo me insultar...

– De modo algum. Mencionei esse pormenor apenas para te demonstrar que Magdalena pode casar-se quando quiser. Mas que não conte mais conosco.

Morán viu naquela conversa apenas uma coisa: Magdalena, enfim, era sua. Enternecido, a contragosto, pelo afeto que, no passado, nutria por Salvador, disse:

– Devo considerar que nossa amizade também termina para sempre?

– Sim, enquanto minha irmã viver.

XXXVII

Feliz! Morán sentia-se feliz, com a maior alegria que pode dar sentido à existência de um homem: a posse imediata de uma criatura cuja vida não tem outro destino senão o de se constituir no grande amor desse homem. Incerteza sobre o débil caráter de Magdalena, desalento ante seus duplos jogos de consciência, tudo isso tinha sido um remoto exagero de sua sede doentia de refletir e analisar. Sua Magda! Pura e espontânea, alento e calma de seu viver! Que vontade de abraçar seus joelhos e lhe pedir perdão, entregando-lhe tudo aquilo que um homem, por uma única vez na vida, entrega sem reservas nessa atitude!

Mas não podia perder um instante.

"Estou decidida a tudo", ela tinha escrito, "sei que Deus perdoará o que faço".

Ekdal fora à casa dos Iñíguez em nome de Morán.

– Estão dispostos – disse ele –, mas não querem que vejas Magdalena antes da cerimônia. Insistem nisso.

– Que seja – assentiu Morán –, embora eu desse mil anos para vê-la. Deixaste claro que eu desejava me casar na segunda-feira próxima?

– Sim.

– E que embarcaríamos em seguida?

– Também. Eles parecem contar com isso.

– Imagino que sim. Bem, vou indo. Ainda preciso arrumar algumas coisas.

XXXVIII

Se em circunstâncias normais o abandono de um lugar já preocupa um mês antes da viagem, imagine-se a tensão que enfrentava Morán para aprontar tudo em três dias. Trabalhos pela metade que precisavam ser terminados, sob pena de ver-se a propriedade transformada em ruínas; os alambrados; as plantas; o destino de um cavalo, de uma vaca, de um cachorro, durante as calamidades que assolavam a região, como as enchentes e as secas intermináveis; ordens gerais que deviam ser cumpridas de qualquer maneira; ordens particulares para certos casos; previsões para até depois de um ano do presumido regresso, se se queria evitar problemas no caso de um imprevisto; dívidas a saldar; dinheiro a obter... Enfim, a soma de inquietudes que acompanham fielmente as viagens.

Morán resolveu tudo em três dias. Se quisesse, teria resolvido em dois, ou mesmo em um, pois caçara as dificuldades como uma ave de rapina.

Aureliana o ajudou a resolver as questões internas, ainda que se aturdisse com as cobranças do patrão. E quando, às seis da tarde do terceiro dia, Morán não teve outra coisa para pensar senão em sua felicidade, um só remorso, obscuro mas constante, pesava sobre ele.

Em Iviraromí, onde vivera todo o inverno de seu drama de amor, a notícia do casamento tinha corrido como um rastilho de pólvora e chegado aos ouvidos dos Hontou. No dia anterior, à noitinha, Morán tivera de refrear bruscamente o galope de seu cavalo, pois um menino se atravessara no caminho.

– Queres falar comigo?

– É Alicia, dos Hontou. Mandou dizer que quer falar com o senhor.

Um homem não se sente com a consciência tranqüila quando uma mulher, ao mandar chamá-lo, faz com que se lembre de seu juramento de amor eterno. Morán hesitou um momento. E respondeu, antes de partir novamente:

– Diz a ela que irei vê-la dentro de três ou quatro dias.

Ora, em dois dias ia embora, mas, com essa resposta enganadora, pensava enganar também sua consciência.

Mais tarde, quando, de banho tomado, conversava com Aureliana sobre questões pendentes, viera de novo o menino com uma carta de Alicia.

Máximo, ouvi dizer que vais embora e quero te ver antes disso. Pelo que mais queres nesse mundo, vem aqui hoje à noite. Só quero te ver, nada mais. Vem, Máximo, vem hoje!

Morán, que com aquela promessa só havia ludibriado parte de sua consciência, irritara-se consigo mesmo ao pensar no sórdido engodo.
– O que digo? – insistira o menino.
E ele respondera:
– Nada.

XXXIX

– O senhor devia levar o capote – recomendou Aureliana, ao ver Morán já montado a cavalo.

Ele deu uma olhada em toda a volta do céu. A oeste, depois do rio, grossos cúmulos de base escura subiam como em erupção, uns sobre os outros, gretados de bruscas comoções de luz lívida. Nem as folhas se moviam. Em todos os outros pontos o céu estava limpo, mas com um ligeiro véu de asfixia. As galinhas se recolheram muito cedo. O temporal não ia demorar.

– Não é preciso – disse Morán –, volto em seguida para jantar. O carreiro encontrou os bois?
– Sim. E disse que ao meio-dia vai estar aqui.
– E Floriano, veio?
– Também. Em três dias ficam prontas as tábuas.
– E o roçado do bananal?
– Ai, me esqueci disso...
– Então trata de lembrar.

Ordem por ordem, detalhe por detalhe, Morán ia cuidado de tudo. Na vila, procurou duas ou três pessoas e ainda foi conversar com o responsável pelo Registro Civil, que parecia tão entusiasmado com o casamento quanto o próprio noivo. E quando se viu livre de todas as preocupações e de todos os esquecimentos possíveis, passou pela casa de Ekdal, trocando com ele meia dúzia de palavras. Mais tarde, teria de conversar longamente sobre a cerimônia do dia seguinte.

– Já está tudo pronto? – perguntou Ekdal.

– Está. Sou neste instante o homem mais feliz do mundo. Até daqui a pouco, Ekdal.

Ao dobrar a esquina do mato, encontrou-se com Inés, que saíra a caminhar.

– Já vais embora?

– Já, mas volto em seguida.

Tão logo partiu a galope, ouviu Inés gritar:

– Não te esquece do que me prometeste.

– O que foi? – perguntou Morán, parando.

– Teu retrato.

– Claro, Inesita.

Olharam-se por um instante, rindo, e se despediram com o braço erguido, numa saudação indígena.

XL

No coração humano não há uma pulsação misteriosa que faça prever o acontecimento fatal que vai aniquilá-lo. Nada no céu, nem nas coisas que se vêem, nem na terra que se pisa, adverte o homem de que o universo inteiro desabará sobre ele. O homem segue seu caminho, feliz e admirado de existir, grato às coisas que o contemplam, ao perfume das flores do mato que o arrebata, certo de poder sorrir a sós, se quiser, pois ninguém como ele redimiu e garantiu sua vida por meio de um grande e imenso amor.

Quem sorria a sós, regressando à sua casa, era Morán. Mas deixou de sorrir ao avistar a silhueta de um homem à espera no portão. E ao reconhecer o visitante, pôde então prever, por fim – já com a flecha da morte cravada em seu coração –, a catástrofe que o aguardava.

O negro mais velho dos Iñíguez, emissário oficial da família, entregou-lhe uma carta.

– Tem resposta? – perguntou Morán.

– Acho que não – disse o negro. – Todos foram para o campo.

Morán ficou olhando para os objetos inanimados que o cercavam, indiferentes, puros, eternos. Recostou-se no tronco de uma palmeira e abriu a carta.

Tudo o que já fizemos e tudo o que possamos fazer é inútil, estou convencida de que para nós não há salvação. Esta carta não me foi ditada por ninguém. Me esquece e adeus.

Ao terminar de ler, não se moveu. Que podia fazer, senão tomar consciência, sob um céu de tormentos, do vazio sem limites de sua existência? As ilusões de um homem com têmporas prateadas vivem não só de seu futuro, mas de seu presente e seu passado, pois, com suas raízes, elas impregnam sua personalidade. E essas raízes, quando arrancadas, deixam no corpo morto um sabor mais amargo do que o fel.

"Para nós não há salvação." Com essa frase Magdalena expressava toda a luta de sua vontade. Valendo-se da religião – o terror do Inferno, a condenação da alma –, a família dera sua cartada decisiva no jogo contra Morán. Fingir consentimento, assim fizera Salvador. Induzindo Morán a precipitar os acontecimentos, induzira-o também a cair na armadilha. Jamais os Iñíguez haviam concordado com o casamento. Forçando Magdalena a decidir-se entre Morán e o espectro da mãe arrastada às chamas do Inferno por causa de seu procedimento, fizeram com que se entregasse e, afinal, escrevesse aquela carta por sua conta.

Morán esperara do amor o impossível. Agora se rendia. Afastou-se sem pressa da palmeira, passou a mão na testa como quem arrancasse dali um pesadelo e foi desencilhar seu cavalo, que o aguardava no escuro, com as orelhas imóveis e alertas. O sonho tinha terminado.

XLI

– Não vai jantar, senhor? – perguntou Aureliana, que o seguia, prevendo más notícias no silêncio dele.

– Não, obrigado.

Alguém vinha subindo pelo caminho, em direção à casa. Ao ouvir passos no cascalho, Morán teve a sensação de um novo choque no mesmo lugar sensibilíssimo do golpe anterior.

– Não estou para ninguém – disse a Aureliana, indo para o galpão com o cavalo.

Um instante depois retornava Aureliana, cautelosa.

– É...

– Que vá para o diabo – explodiu Morán.

Ao passar por trás da oficina, viu a silhueta imóvel do novo visitante, no meio do pátio, e dirigiu-se resolutamente para lá. Não era o mensageiro que temia. Era Miguel Hontou.

– Boa noite, Dom Morán – disse Miguel, tirando o chapéu.

Morán conhecia o sorriso desajeitado e tímido com que os *mensu** estendiam a mão para um patrão. Mas a atitude de Miguel pareceu-lhe mais tímida e desajeitada ainda, e ele conteve sua irritação.

– O que há, Miguel?

– Queria lhe dizer que Alicia...

Os punhos de Morán se fecharam. Alicia de novo!

– ...é finada já.

– Quê? – Morán saltou.

– Morreu...

– Morreu como? De quê?

---

* Trabalhador rural em Misiones. (N.T.)

– Se envenenou.

Houve um pesado silêncio. No seu íntimo, para além da vida presente, Morán sentiu como se duas mãos decepadas sacudissem seu coração – ou o lugar onde deveria estar seu coração. Pobre criança!

– Mamãe quer que vá vê-la, Dom Morán...

– Mas claro! Que barbaridade! – murmurou, condensando nessas palavras seu aniquilamento diante daquilo que devia e podia ter sido evitado.

Pouco depois chegaram ambos à casa dos Hontou. Roberto saiu ao encontro de Morán, com o mesmo e tímido sorriso forçado de seu irmão menor.

– Veja só, Dom Morán...

– Que barbaridade! – repetiu Morán. – Mas como isso aconteceu? Quando foi?

– Faz meia hora, não mais. Mas o senhor se molhou na chuva, Dom Morán. Se quiser uma roupa seca...

– Não, não é nada. E Dona Asunción?

– Está lá dentro, com ela. A pobre velha, Dom Morán. Gostava de Alicia muito mais do que de nós. Pobre mamãe. Venha, Dom Morán...

Ao entrar na peça, Morán não quis olhar para Alicia, no catre, só olhou para a desgraçada mãe. Sentada num bauzinho, com as mãos entre os joelhos, ela se balançava lentamente para frente e para trás. Não viu Morán entrar. Mas quando ele tocou em seu ombro, ela ergueu os olhos e, reconhecendo-o, levou as mãos ao rosto.

– Minha filhinha, Dom Morán – soluçou, como quem pede contas.

– Dona Asunción... – Morán pôde murmurar, sentindo-se o último dos homens.

– Minha filhinha, Dom Morán... Eu sempre lhe dizia: case com ela... O senhor gostava de outra mulher, eu sei... Minha menina, tão boa que ela era... E ela o queria tanto, Dom Morán...

Enxugou os olhos e, apertando nas suas as mãos de Morán, prosseguiu, sempre olhando para o corpo da filha:

– Eu não acreditava que ela o amasse tanto... Eu a via triste, calada... calada até comigo... Ontem mandou lhe chamar, o senhor não veio. Ela sabia que ia se casar, mas só ontem soube que ia embora e então lhe escreveu. Eu acho, Dom Morán... o senhor é um homem, sabe o que faz... mas eu acho que, se o senhor tivesse vindo, ainda que por um momentinho, minha pobre filhinha ainda estaria viva...

Há sofrimentos cuja essência não se pode analisar, pela diversidade tumultuosa de seus motivos. Mas quando essa dor está constituída toda ela de remorsos, e esse remorso está ligado a uma persistente fatalidade, pode-se esperar qualquer dúvida desse homem, menos a de sentir-se – outra vez e de novo – um assassino.

Morán deixou o quarto.

– Vou para casa, Miguel. Estou muito molhado.

– Sim, é melhor. Muito obrigado por ter vindo. Roberto! Dom Morán já vai.

Roberto e Etién vieram cumprimentá-lo, agradecidos.

Sob chuva torrencial, que batia no pasto fazendo barulho, como se batesse diretamente na terra, Morán voltou a galope para casa. Um pequeno quadro de luz brilhava sob o beirado da oficina, Aureliana ainda não se deitara.

Quando ele entrou no galpão, ela estava à sua espera.

– Deixe que desencilho o cavalo. Que chuva!

– Obrigado. Depois prepara uma xícara grande de café e leva ao meu quarto.

E tiritando, como se tivesse andado mil anos no gelo, atravessou o pátio cheio d'água, mudou de roupa e jogou-se na cama, tapando-se com os cobertores.

Quando, meia hora depois, Aureliana chamou da porta, ele se levantou e bebeu o café em três goles.

– Aureliana – disse, com a mão no ombro dela –, não vou mais me casar. Vou embora amanhã, no vapor de carreira. Ao meio-dia, quando vier o carreiro, manda carregar a bagagem e levá-la até a lancha. As ordens que te deixo são as de sempre. Não sei quando vou te escrever. Se acontecer alguma coisa, me escreve, o endereço está num papel ali na mesa. Isso é tudo. Agora vai te deitar – concluiu, com um débil sorriso, dando-lhe um tapinha no ombro.

– Patrão... – começou ela, e logo parou.
– Vai.
– Está bem, senhor.
Mas detendo-se ainda:
– Deixo o cavalo preso?
– Ah, sim, ia me esquecendo. Vou a cavalo para o porto. Depois manda uma das meninas buscá-lo.
– E... quando o senhor volta?
– Não sei. Pode ir, Aureliana.

XLII

Mas sabia. Da amurada do vapor, que sem apitar e sob chuva pesada também parecia fugir para sempre de Misiones, Morán contemplava, acima do mato brumoso, a vila da erva-mate, com a febre de lucro que enchia toda a região, e que para ele só significava dois amores, sob os quais, como sob o capote que vestia, ele mesmo jazia, morto. E não só ele... Oferecera, entregara, confiara sua vida dolorosa à felicidade, mas a religião, mais forte do que um grande e puro amor, negara-lhe essa redenção. E se, de olhos fechados, cego, não soubera reconhecer uma outra felicidade, agora já não podia fazê-lo: também ela estava morta.

Cruzando mais os braços sobre a amurada, Morán contemplou, até perder de vista, o lugar que abandonava. Tinha invocado cem vezes o Destino, como se invoca uma invencível divindade. Dali por diante podia ficar tranqüilo: o seu já estava cumprido.

POSFÁCIO

Duas (ou três) provas de amor

Pablo Rocca

Ser novelista

Já se disse muitas vezes, e com razão, que a mestria de Horacio Quiroga como contista obscureceu o novelista que ele também foi. No entanto, ele se empenhou em alcançar esta condição, uma espécie de consagração do narrador segundo a ideologia estética do século XIX, na qual ele se formou e à qual sempre esteve ligado. Tão forte desejo se potencializou com o estímulo de Dostoiévski. A correspondência de Quiroga com seus amigos, agora reunida num único volume, documenta a fascinação do jovem escritor por um Dostoiévski que poucos liam na América Latina.

Quiroga confessou ter escrito sua primeira novela sob o influxo do escritor russo: *Historia de un amor turbio* (1908). Outras e mais moderadas seriam as fontes (e os ímpetos renovadores) quando, vinte anos depois, publicou *Pasado amor* (1929). Com esta peça, crepuscular em certo grau, retornava ao gênero que, entre 1908 e 1913, também havia praticado em seis pequenas novelas divulgadas como folhetins em revistas de variedades, sobretudo para ganhar público entre as classes médias do Rio da Prata. E também, por certo, para obter rendimentos que lhe permitissem tornar-se escritor profissional.

História de um louco amor

O argumento de *História de um louco amor* é simples, embora a superposição de três tempos que rompem a linearidade remeta a uma preocupação técnica que quer escapar do regime prospectivo e linear. Organizada em 25 quadros narrativos, a novela gira em torno das vicissitudes de Luis Rohán, as irmãs Mercedes e Eglé Elizalde e a mãe de ambas. A ação transcorre em Lomas de Zamora (Província de Buenos Aires) e, em menor proporção, na capital argentina, embora haja alusões a uma distante estância de onde Rohán volta por uma temporada, quando começa o relato, e para a qual volta no final. Os três tempos estão relacionados com as peripécias dos personagens:

a) O presente da narrativa, que de forma circular abre e fecha o relato;

b) A época mais remota, a do fugaz namoro entre Rohán (20 anos) e Mercedes (16), com uma Eglé (9) fascinada pelo namorado da irmã;

c) A parte substancial e mais extensa da história transcorrida, oito anos depois da anterior: o acidentado namoro de Rohán (28) e Eglé (16), diante da presença hostil da descartada Mercedes (24).

As duas últimas seqüências são evocadas pelo narrador quando Rohán tem 33 anos e logo após um novo e derradeiro encontro com as duas irmãs. Elas continuam solteiras: a maior já com 28 anos, delicado limite para aspirar a um casamento, e a menor em seus esplendorosos 22. A toda hora o triângulo amoroso se "turva", pois os personagens não podem dar rédea solta aos seus desejos, antes de mais nada porque são prisioneiros da ideologia burguesa, mas também porque Quiroga – que mostra e esconde, que ameaça com a denúncia e detém-se – parece sugerir que o amor é uma grandiosidade remota, uma maravilhosa e inalcançável fugacidade. Por isso – e por aproximação com o modelo Dostoiévski –, Quiroga optou pela indagação psicológica de seus personagens através de dados mínimos da experiência e da consciência.

No âmbito das relações privadas entre Rohán e as irmãs, cada uma na sua vez ou, em certos momentos, de modo triangular, há uma tensão entre o "amor honesto" e a liberalização dos costumes eróticos, que chega a se exacerbar na própria consciência do triângulo. Se bem que o narrador seja convencional – onisciente e de terceira pessoa –, quase como se fosse um *voyeur*, ele se posiciona do ponto de vista do homem. Por obra deste artifício orienta a mensagem e, em conseqüência, dirige a visão da história desde uma perspectiva predominantemente masculina. Por ele se filtra a maioria das informações dos desconcertos interiores que se correspondem com as pressões externas. Sem leituras da psicanálise à vista, e apesar de uma crua ostentação de masculinidade, como poucos na América Latina – como poucos em qualquer parte –, Quiroga foi capaz de explorar os claro-escuros da mentalidade burguesa, adequando a tal propósito um estilo e uma forma.

Passado amor

Outro parece ser o caso de *Passado amor*. Na trajetória de Quiroga, talvez esta novela seja a peça que permita reconstruir sua experiência narrativa e, daí, reler toda a sua obra. Relato da maturidade, correspondente aos seus 50 anos de vida, foi publicado quando já se avultava a grande crise do realismo – e mais ainda dos temas sentimentais –, e as experiências da vanguarda, que Quiroga *não* conheceu a fundo, sacudiam os alicerces da arte. Já era forte, então, o impacto de *A la recherche du temps perdu*, de Proust, e do *Ulysses*, de Joyce, entre outros. Em 1926, três anos antes do aparecimento de *Pasado amor*, tinham sido publicados em Buenos Aires dois romances estabelecendo rumos estéticos que, de certo modo, tornavam obsoleto o texto quiroguiano: *El juguete rabioso*, de Roberto Arlt, e *Don Segundo Sombra*, de Ricardo Güiraldes. Diante destes novos modelos e da ameaça de morte que recaía sobre o romance nos termos em que fora praticado no século XIX, segundo Borges se encarregara de declarar em 1925, *Passado amor* ocupava um espaço *démodé*.

Quarenta e dois brevíssimos capítulos organizam uma história relatada por um narrador similar ao de *História de um louco amor* – história que se desenvolve em estreita dimensão física e temporal: Iviraromí (Misiones) e em poucas semanas. Máximo Morán retorna a Misiones (viúvo, homem maduro, mas ainda jovem) e encontra o amor da adolescente Magdalena Iñíguez, filha de vizinhos. São inúmeros, até plausíveis, os indícios autobiográficos: Quiroga, ele também, havia regressado pouco antes a Misiones, casado com uma garota cuja idade ele superava em mais de 30 anos, e também é aceitável que um outro e eventual caso amoroso e missioneiro tenha colaborado na recriação da protagonista ou, quem sabe, inspirado Quiroga na composição de outros personagens. No discurso da novela – de quase toda a novela –, a recuperação do vivido se opacifica, mas algo exerce pressão para um retorno às cifras pessoais. A resposta possível é oferecida por um poema, isto é, dois versos do poeta italiano Gabrielle D'Annunzio:

> *Lontano come un grande, passato dolore*
> *Grande come un passato, lontano amore*

Enquanto durou a tormentosa paixão de Quiroga por María Esther Jurkowski (1904-1906), ele citou ou referiu estes versos uma meia dúzia de vezes, uma delas enquanto projetava *História de um louco amor*. Voltou a evocá-los como *extraordinários, e tão meus* trinta anos depois, quando se processava a separação de sua segunda mulher. Como se observa, o título da última novela é uma tradução livre e errática desses versos que sempre o perseguem e que parecem aproximá-lo à mais pessoal definição do amor. A propósito: a má memória do escritor dota o substantivo "dor" dos atributos de distância e grandeza no passado, enquanto associa os mesmos dotes ao substantivo "amor", núcleo semântico do segundo verso por ele reconstruído.

Como essa citação obsessiva, a novela aglomera antigos temas e velhos expedientes do narrador. Agora em Misiones, no escasso tempo em que se desenrola, assistimos à história de um homem (Morán, nome muito parecido com Rohán) que perde sua jovem mulher, um solitário algo esquivo, um *sahib* da cidade, que domina tanto os segredos da erva-mate quanto os rituais da conversação intelectualizada ou das festas galantes. Envolto num triângulo amoroso menos mórbido do que o de *História de um louco amor*, sabe da correspondida sedução das adolescentes como da irrefreável paixão de Alicia, atraente e desejada mulher do lugar. Trata com mães celestinescas que tanto podem ajudá-lo como odiá-lo. Em suma, retornam aqueles modelos correntes em sua obra. E como em muitos de seus contos, retorna também a observação do trabalho inclemente sob o "sol abrasador" da região, a exploração, a miséria, a ignorância e a submissão do peão jornaleiro ante a "inviolabilidade do patrão", tal como escreveu no conto "Os desterrados".

Com *Passado amor* ele tenta criar um friso realista que pretende abraçar todos os registros. Se em grande medida alcança este objetivo, em outro sentido a novela cambaleia. Lê-se o texto com interesse, às vezes até com intensidade, mas ele parece não oferecer mais do que um passo repetitivo no processo de uma obra. Quiroga se caracterizara pela transformação permanente, do modernismo ao decadentismo de extração poeniana, e daí à fundação do relato regional missioneiro, passando alternativamente pela criação de contos fantásticos e policiais. Por volta do final da vida – um final prematuro que, por certo, ele não podia prever –, o autor se refugia numa novela neo-romântica cruzada por um alento realista. Nesse sentido, *Passado amor* foi também a última fronteira, um texto que mostra a grandeza e o ocaso de uma poética.

CRONOLOGIA

Sergio Faraco

1878 – A 31 de dezembro, em Salto, no Uruguai, nasce Horacio Silvestre Quiroga Forteza, filho de Prudencio Quiroga e Juana Petrona Forteza.

1879/89 – Morre Prudencio Quiroga, vítima de um disparo acidental de sua própria arma (o tiro, segundo alguns estudiosos, não foi casual). Quiroga estuda em Salto, numa escola fundada por maçons.

1890/5 – Freqüenta o Instituto Politécnico, em Salto, e o Colégio Nacional, em Montevidéu. A mãe se casa com o argentino Ascensio Barcos.

1896 – Suicida-se o padrasto. Com três amigos, forma em Salto um grupo literário. Lêem poetas franceses e escrevem poemas. Quiroga se apaixona por María Ester Jurkowski, mas o romance não prospera em virtude da oposição da família dela. Mais tarde, esse caso daria o argumento para o conto "Una estación de amor".

1897 – Viaja de bicicleta de Salto a Paysandú, uma proeza na época.

1898 – Na imprensa de Salto aparece seu primeiro artigo, sobre ciclismo. No verão, vai a Buenos Aires e conhece o poeta argentino Leopoldo Lugones, cuja obra admira.

1899 – Publica seu primeiro conto e lê Baudelaire, Poe, Lugones. Colabora na *Revista de Salto*.

1900 – Viaja à Europa. Em Paris, participa de uma corrida de bicicleta no Parc de Princes. No Café Cyrano, conhece Rubén Darío. Ao retornar, decide permanecer em

Montevidéu, onde retoma o grupo literário com os amigos de Salto. Obtém o segundo lugar num concurso de contos, concorrendo com dezenas de escritores da América espanhola. Da comissão julgadora faziam parte os conhecidos autores uruguaios Javier de Viana e José E. Rodó.

1901 – Recebe em Montevidéu a visita de Lugones. Morrem dois de seus irmãos, Pastora e Prudencio. Aparece seu livro de estréia, *Los arrecifes de coral*, de poemas e relatos.

1902 – Em março, mata o poeta Federico Ferrando com um disparo acidental de pistola. Desesperado, tenta suicidar-se num poço, sendo contido por amigos. Depois de provar sua inocência muda-se para Buenos Aires.

1903 – Leciona castelhano no Colégio Britânico de Buenos Aires e participa de uma expedição às ruínas jesuíticas, chefiada por Lugones.

1904 – Publica *El crímen del otro*, contos. Adquire um campo perto de Resistencia, no Chaco, para plantar algodão.

1905 – Com o fracasso da plantação, retorna a Buenos Aires. Começa a colaborar no semanário *Caras y Caretas*.

1906 – É nomeado professor de castelhano e de literatura na Escola Normal nº 8. Nas férias, vai a San Ignacio, em Misiones, onde adquire 185 hectares de terra com a intenção de plantar erva-mate.

1907 – Continua lecionando em Buenos Aires e namora uma aluna, Ana María Cirés, "menina de 15 anos, loura, de olhos azuis e caráter reservado", enfrentando novamente a oposição dos pais.

1908 – Publica as novelas *Los perseguidos* e *Historia de un amor turbio*. Viaja a San Ignacio para construir a casa onde pretende morar.

1909 – Publica mais de uma dezenas de contos em *Caras y Caretas*. A 30 de dezembro casa-se com Ana María Cirés.

1910 – Quiroga e Ana María se transferem para San Ignacio.

1911/2 – A 29 de janeiro nasce Eglé, primeira filha do casal. Quiroga cultiva erva-mate e produz suco de laranja, doce de amendoim, mel e carvão. Renuncia ao magistério em Buenos Aires e, no mesmo ano, é nomeado juiz de paz e oficial do registro civil em San Ignacio, funções que exerce com pouca ou nenhuma dedicação. A 15 de fevereiro de 1912 nasce o filho Darío.

1913/4 – Ana María não se adapta à vida na selva e são constantes os desentendimentos do casal. Quiroga continua trabalhando afanosamente em suas plantações.

1915/6 – A 14 de dezembro, Ana María se suicida, ingerindo forte dose de veneno (seus dias finais são relatados, como ficção, na novela *Pasado amor*). Quiroga permanece na selva com os dois filhos pequenos, mas, no final de 1916, retorna a Buenos Aires.

1917 – A 17 de fevereiro, por gestões de amigos, é nomeado contador do Consulado Geral do Uruguai. Publica *Cuentos de amor, de locura y de muerte*, obra que rapidamente se esgota.

1918 – Publica *Cuentos de la selva (para los niños)*.

1919 – Escreve dezenas de notas sobre filmes, numa época em que os intelectuais vêem o cinema como arte menor.

1920 – No Uruguai, seu amigo Baltazar Brum chega à Presidência da República. Vai com freqüência a Montevidéu, levando outros escritores, entre eles a poeta Alfonsina Storni, com a qual tem um caso amoroso. Publica o livro de contos *El salvaje*.

1921 – Publica *Anaconda*, contos. Em fevereiro, estréia no Teatro Apolo sua peça *Las sacrificadas*, versão dramática do conto "Una estación de amor". Conhece Jorge Luis Borges, que recém voltara da Europa.

1922 – Por designação do Presidente Brum, viaja ao Rio de Janeiro como membro da embaixada uruguaia aos festejos do centenário da independência do Brasil. Ao regressar, passa por Melo para conhecer Juana de Ibarbourou.

1923 – Publica contos na imprensa e seus primeiros ensaios sobre a criação literária.

1924 – Publica *El desierto*, contos.

1925 – Passa as férias em Misiones, preparando seu retorno à selva.

1926 – De volta a Buenos Aires, aluga uma casa de campo em Vicente López. Numa das viagens que faz para lá, conhece sua futura segunda esposa, uma jovem de 18 anos, María Elena Bravo. Publica seu livro mais elogiado pelos críticos, *Los desterrados*.

1927 – A 16 de julho, casa-se com María Elena Bravo.

1928 – Nasce a filha do segundo casamento. Recebe o mesmo nome da mãe, mas a chamam de *Pitoca*.

1929 – Publica a novela *Pasado amor*, que vende apenas 50 exemplares.

1930 – Desde 1927 seus amigos no Uruguai estão afastados do poder, e o controle de suas atividades no consulado torna-se mais severo. É criticado por escritores da nova geração, e em casa surgem as primeiras rusgas conjugais.

1931 – De parceria com Leonardo Grusberg, publica o livro *Suelo natal*, mais tarde adotado como livro escolar.

1932 – Vai para Misiones com María Elena e a filha, conseguindo, no entanto, manter o cargo diplomático, a ser exercido na selva.

1933 – María Elena, como Ana María, não se adapta ao isolamento e as brigas recomeçam. A 31 de março, Gabriel Terra fecha o parlamento no Uruguai e seus amigos são totalmente alijados do centro das decisões. Suicida-se seu protetor, o ex-presidente Baltazar Brum.

1934 – Em abril é destituído de seu cargo público e passa a enfrentar graves problemas financeiros.

1935 – Publica *Más allá*, contos. Alguns amigos, entre eles o escritor Henrique Amorim, obtêm do governo sua nomeação como cônsul honorário, com vencimentos, numa homenagem da nação uruguaia ao seu talento.

1936 – A crise conjugal se agrava e María Elena retorna a Buenos Aires com a filha. Na solidão da selva, relê Dostoiévski e se encanta com os novos narradores norte-americanos, entre eles Hemingway. Em setembro, adoentado, viaja para Buenos Aires, internando-se no Hospital de Clínicas. María Elena o assiste com dedicação.

1937 – Os médicos revelam que seu mal é irremediável, um câncer gástrico. Na madrugada de 18 para 19 de fevereiro, suicida-se com cianureto. É velado na Casa do Teatro, sede da Sociedade Argentina de Escritores. Pouco depois suas cinzas são transportadas para Salto.

1939 – Suicida-se Eglé.

1954 – Suicida-se Darío.

1989 – Suicida-se María Elena, a *Pitoca*.

Coleção **L&PM** POCKET (LANÇAMENTOS MAIS RECENTES)

633. **Snoopy: É Natal! (4)** – Charles Schulz
634(8). **Testemunha da acusação** – Agatha Christie
635. **Um elefante no caos** – Millôr Fernandes
636. **Guia de leitura (100 autores que você precisa ler)** – Organização de Léa Masina
637. **Pistoleiros também mandam flores** – David Coimbra
638. **O prazer das palavras – vol. 1** – Cláudio Moreno
639. **O prazer das palavras – vol. 2** – Cláudio Moreno
640. **Novíssimo testamento: com Deus e o diabo, a dupla da criação** – Iotti
641. **Literatura Brasileira: modos de usar** – Luís Augusto Fischer
642. **Dicionário de Porto-Alegrês** – Luís A. Fischer
643. **Clô Dias & Noites** – Sérgio Jockymann
644. **Memorial de Isla Negra** – Pablo Neruda
645. **Um homem extraordinário e outras histórias** – Tchekhov
646. **Ana sem terra** – Alcy Cheuiche
647. **Adultérios** – Woody Allen
648. **Para sempre ou nunca mais** – R. Chandler
649. **Nosso homem em Havana** – Graham Greene
650. **Dicionário Caldas Aulete de Bolso**
651. **Snoopy: Posso fazer uma pergunta, professora? (5)** – Charles Schulz
652(10). **Luís XVI** – Bernard Vincent
653. **O mercador de Veneza** – Shakespeare
654. **Cancioneiro** – Fernando Pessoa
655. **Non-Stop** – Martha Medeiros
656. **Carpinteiros, levantem bem alto a cumeeira & Seymour, uma apresentação** – J.D.Salinger
657. **Ensaios céticos** – Bertrand Russell
658. **O melhor de Hagar 5** – Dik Browne
659. **Primeiro amor** – Ivan Turguêniev
660. **A trégua** – Mario Benedetti
661. **Um parque de diversões da cabeça** – Lawrence Ferlinghetti
662. **Aprendendo a viver** – Sêneca
663. **Garfield, um gato em apuros (9)** – Jim Davis
664. **Dilbert 1** – Scott Adams
665. **Dicionário de dificuldades** – Domingos Paschoal Cegalla
666. **A imaginação** – Jean-Paul Sartre
667. **O ladrão e os cães** – Naguib Mahfuz
668. **Gramática do português contemporâneo** – Celso Cunha
669. **A volta do parafuso** seguido de **Daisy Miller** – Henry James
670. **Notas do subsolo** – Dostoiévski
671. **Abobrinhas da Brasilônia** – Glauco
672. **Geraldão (3)** – Glauco
673. **Piadas para sempre (3)** – Visconde da Casa Verde
674. **Duas viagens ao Brasil** – Hans Staden
675. **Bandeira de bolso** – Manuel Bandeira
676. **A arte da guerra** – Maquiavel
677. **Além do bem e do mal** – Nietzsche
678. **O coronel Chabert** seguido de **A mulher abandonada** – Balzac
679. **O sorriso de marfim** – Ross Macdonald
680. **100 receitas de pescados** – Sílvio Lancellotti
681. **O juiz e o seu carrasco** – Friedrich Dürrenmatt
682. **Noites brancas** – Dostoiévski
683. **Quadras ao gosto popular** – Fernando Pessoa
684. **Romanceiro da Inconfidência** – Cecília Meireles
685. **Kaos** – Millôr Fernandes
686. **A pele de onagro** – Balzac
687. **As ligações perigosas** – Choderlos de Laclos
688. **Dicionário de matemática** – Luiz Fernandes Cardoso
689. **Os Lusíadas** – Luís Vaz de Camões
690(11). **Átila** – Éric Deschodt
691. **Um jeito tranquilo de matar** – Chester Himes
692. **A felicidade conjugal** seguido de **O diabo** – Tolstói
693. **Viagem de um naturalista ao redor do mundo** – vol. 1 – Charles Darwin
694. **Viagem de um naturalista ao redor do mundo** – vol. 2 – Charles Darwin
695. **Memórias da casa dos mortos** – Dostoiévski
696. **A Celestina** – Fernando de Rojas
697. **Snoopy (6)** – Charles Schulz
698. **Dez (quase) amores** – Claudia Tajes
699. **Poirot sempre espera** – Agatha Christie
700. **Cecília de bolso** – Cecília Meireles
701. **Apologia de Sócrates** precedido de **Êutifron e** seguido de **Críton** – Platão
702. **Wood & Stock** – Angeli
703. **Striptiras** (3) – Laerte
704. **Discurso sobre a origem e os fundamentos da desigualdade entre os homens** – Rousseau
705. **Os duelistas** – Joseph Conrad
706. **Dilbert (2)** – Scott Adams
707. **Viver e escrever (vol.1)** – Edla van Steen
708. **Viver e escrever (vol.2)** – Edla van Steen
709. **Viver e escrever (vol.3)** – Edla van Steen
710. **A teia da aranha** – Agatha Christie
711. **O banquete** – Platão
712. **Os belos e malditos** – F. Scott Fitzgerald
713. **Libelo contra a arte moderna** – Salvador Dalí
714. **Akropolis** – Valerio Massimo Manfredi
715. **Devoradores de mortos** – Michael Crichton
716. **Sob o sol da Toscana** – Frances Mayes
717. **Batom na cueca** – Nani
718. **Vida dura** – Claudia Tajes
719. **Carne trêmula** – Ruth Rendell
720. **Cris, a fera** – David Coimbra
721. **O anticristo** – Nietzsche
722. **Como um romance** – Daniel Pennac
723. **Emboscada no Forte Bragg** – Tom Wolfe
724. **Assédio sexual** – Michael Crichton
725. **O espírito do Zen** – Alan W.Watts
726. **Um bonde chamado desejo** – Tennessee Williams
727. **Como gostais** – Shakespeare
728. **Tratado sobre a tolerância** – Voltaire
729. **Snoopy: Doces ou travessuras? (7)** – Charles Schulz
730. **Cardápios do Anonymus Gourmet** – J.A. Pinheiro Machado
731. **100 receitas com lata** – J.A. Pinheiro Machado
732. **Conhece o Mário?** vol.2 – Santiago
733. **Dilbert (3)** – Scott Adams
734. **História de um louco amor** seguido de **Passado amor** – Horacio Quiroga
735(11). **Sexo: muito prazer** – Laura Meyer da Silva
736(12). **Para entender o adolescente** – Dr. Ronald Pagnoncelli
737(13). **Desembarcando a tristeza** – Dr. Fernando Lucchese